Ⓢ新潮新書

小松左京
KOMATSU Sakyo

ＳＦ魂

176

新潮社

はじめに

私がＳＦ作家としてデビューしたのは一九六二（昭和三十七）年、三十一歳の時である。以来、三十代はひたすら書き続け、四十二歳で『日本沈没』ブームに揉みくちゃになり、五十二歳でＳＦ映画を作り、六十三歳では阪神大震災にも遭遇した。

気が付けばＳＦと関わっておよそ半世紀。日本ＳＦ黎明期を共に過ごした作家仲間は次々と鬼籍に入り、いつのまにか私が長老である。まさかこんな歳まで生きるとは思ってもみなかった。

あとは〝古稀の道楽〟として始めた『小松左京マガジン』を余生の楽しみに――そう思っていた矢先、新潮新書の編集者が時々訪ねてくるようになった。聞けば長年の私のファンとかで、「小松作品の魅力をもっと広く伝えたい。小説以外の活動も紹介しながら、小松左京のいろいろな顔に光を当ててみたい。半生と自作について改めて語って欲しい」と言う。自分の作品が読まれるのは、作家にとっては嬉しいことである。それなら、と、『小松左京マガジン』に連載中の「小松左京自作を語る」も活かしながら、語り下ろしで「わがSF半生記」を一冊にまとめることにした。

これまでに書いてきたものは、長編が十七作、中・短編が二百六十九作、ショートショート百九十九作。小説の単行本だけで六十二冊、このほかエッセイ・評論・ルポなどの単行本が六十八冊にのぼる（もちろん自分で数えたわけではない。小松左京研究会の皆さんや『小松左京マガジン』のスタッフが調べてくれた数字である）。これらの文章のすべてを憶えているわけではないが、当時の私の考え方や思いが表れているものをいくつか選んで、章の間に「ミニ・ライブラリー」として挿入してある。本文と併せて、その時代の「熱」を読み取っていただければ幸いである。

かつて私は、デビューしたての頃、本のあとがきでこんなことを書いている。

「今にして、ようやくSFという形式のもつ文学的な意味が、私にもつかめかけて来た所であり、その『あそびの文学』の仮面の後にかくされた厖大な可能性に、いささか呆然となっている恰好だ。……この形式には、他の小説形式にはない表現の自由と、たのしさと、未来への可能性がふくまれている。それは近代文学の正統からは無視されていた文学的要素――無視されながらも大衆の中には生きつづけて来た自由で、グロテスクで、明るい哄笑に満ちたイマジネーションを解放する可能性をはらんでいるのではあるまいか」（『地には平和を』）

「自分にそれほどの才能があるとは毛頭思いませんが、すくなくとも意気ごみだけは、ダンテの『神曲《デイヴィナ・コメディア》』、バルザックの『人間喜劇《コメディイ・ユメーヌ》』のひそみにならって、『宇宙《コメディイ・》喜劇《コスミーク》』を書くぐらいのつもりでやれればと思っています」（『果しなき流れの果に』）

SFという文学形式の大いなる可能性に目眩《めまい》をおぼえながら、腕まくりをしていた頃である。もはやあの頃ほど体力も体重もないが、気持ちだけは少しも変わっていない。SFほど知的で、使い勝手がよくて、面白いものはない。若い頃にSFと出会えたことはとても幸運だったと思っている。

今年は『日本沈没』が映画として三十三年ぶりにリメイクされ、公開される。技術革新が格段にスピードアップし、未来が見えにくい時代だからこそ、SFの方法論、SFという文学の形式がまた必要とされているのではないだろうか。

なお「ＳＦ魂《だましい》」というタイトルは編集部が付けたものだが、「ＳＦコン」と読んでくださっても、前に「うらめしや」と付けてくださってもかまわない。私としては「ＳＦだましぃ」のつもりである。

ＳＦ作家の話はホラと冗談が半分。ゆめゆめ油断なさらぬよう。

二〇〇六年六月

小松左京

SF魂――目次

協力：(株)イオ、『小松左京マガジン』編集部、澤田芳郎(小松左京研究会)

第1章

作家「小松左京」のできるまで

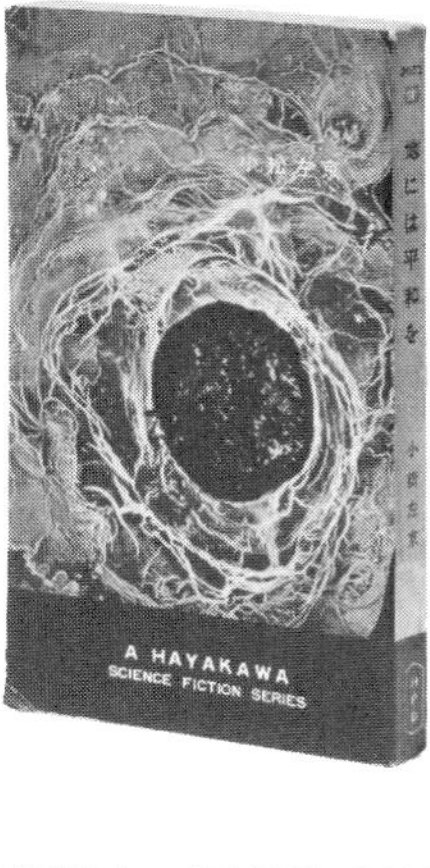

『地には平和を』（早川書房、1963年8月刊）

『ＳＦマガジン』との出会い

『スター・ウォーズ』や『ハリー・ポッター』が大ヒットしているこの時代に、「昔はＳＦは傍流だった」と言っても、なかなか理解してもらえないかもしれない。でも、僕がＳＦを書き始めた頃は、傍流どころか、文壇主流からは「児戯に等しい」と、まったく相手にされなかった。今でこそ「ＳＦ」という言葉は小学生でも知っているが、当時はまだ世間一般には浸透しておらず、「ＳＭ」とよく間違われたのは有名な話。当然ながらＳＦ作家に対する評価もキワモノ扱いで、少なくとも大学で文学を学んだ人間がやるものではないというのが常識だった。

それでも僕は、ＳＦを選んだ。ＳＦ作家として食べていく道を選んだ。それは、ＳＦが持つ「大いなる可能性」に気がついたからだ。ほかのどんな文学形式にもできないことが、ＳＦならできる——これは一生の仕事として格闘するにふさわしいテーマだと思い定めた。

とはいえ僕も、ストレートにＳＦにたどり着いたわけではない。ＳＦを書く前は、総会屋系経済誌の記者をやったり、ラジオのニュース漫才の台本を書いたり、生活のためにいろんなことをやった。一方で学生時代からの友人だった高橋和巳らと同人誌を作って、そこに実存主義の影響を受けた文学作品を発表していた。二十代後半まで、いわゆる文学青年だったわけだ。

それがSFを書き始めたのは、創刊されたばかりの『SFマガジン』（早川書房）に出会ったのがきっかけだ。

むろん、もともと子供の頃から海野《うんの》十三《じゅうざ》、山中峯太郎といった少年向けの科学冒険ものは好きだったし、文学青年時代はドストエフスキーからフッサールまで〝精神的胃拡張〟になるくらい何でも読んだから、オルダス・ハックスリーの『すばらしい新世界』やイリヤ・エレンブルグの『トラストD・E』などの文明批評的な作品にも接していた。しかし、明確に「SF」という文学の手法を意識したのは、『SFマガジン』創刊号（一九六〇年二月号）を読んだ時からだった。

創刊号の巻頭に載っていたロバート・シェクリイの「危険の報酬」――。僕はとりわけこの作品に、目を引っぱたかれたような思いがした。TVショーの行き着く先を戯画的に描いて見せることで、科学技術と人間、大衆社会の行方をザックリと風刺して見せる。しかもそれをサスペンス仕立てのエンターテインメントに仕上げて、読者を飽きさせない。あの頃、開高健が組織と人間をテーマにした『裸の王様』で芥川賞を受賞しているのだが、そういうテーマもシェクリイのような手法を使えば、もっと鋭く、もっと面白いものができるのではないか——。「そうか、この手があったか」と、ピンときた。

だからしばらくして『ＳＦマガジン』で「第一回空想科学小説コンテスト（後のＳＦコンテスト）」が募集されるや、早速書いて応募した。それが僕が初めて書いたＳＦ作品「地には平和を」だ。

戦争がなければSF作家にはなっていない

「地には平和を」は、「一九四五年秋、本土決戦中の日本」という設定で始まる。日本があそこで降伏せず、本土決戦を続けていたら——という「ヒストリカル・イフ」と「パラレルワールド」を組み合わせた作品だ。コンテストの募集を見た時、僕はすぐにこのテーマが浮かんだ。そして、四百字詰八十枚を三日で一気に書き上げた。

僕にとって、この作品は「書かなければならないもの」だった。

その時もう終戦から十五年が経っていたけれども、僕はずっとあの戦争のことを書きたいと思っていた。書かなければならないと思っていた。けれどもどう書けばいいのか糸口が見つからずにいた。

僕は中学三年で終戦を迎えた世代で、戦争中は自分は兵隊になって死ぬのだろうと思っていたし、焼け跡の酷い現実も見てきた。しかしまだ生き残っただけマシで、沖縄戦では同い年の少年たちが銃を持たされて戦闘員として大勢死んでいる。もしもあのまま戦争が続いていたら、日本全土が沖縄と同じことになっていただろうという思いがあった。そんな戦争をやったばかりなのに、日本に原爆を落とした連中はその何倍もの威力の核兵器を作って、東西冷戦なんてバカなことをやっている。だから何か書かなければならない。けれども戦争に行っていない自分に、戦争を語る資格があるのか……。

旧来の文学の方法でこうした重層的な思いを表現しようとすれば、それはたいへんな作業になるし、重苦しくて長いものになるのは自分でも分かっていた。そんな誰にも読まれないような作品を書くのはごめんだ。つまり僕は文学的に行き詰まっていた。

そんな時に出会ったのがＳＦだった。ＳＦの手法を使えば、現実にあった歴史を相対化することができる。「本土決戦で泥まみれのゲリラ戦を戦っている自分」という、あり得たかもしれないもう一つの未来を描くことで、戦闘を経験していない後ろめたさにも落とし前をつけながら書くことができる。この作品の構想を思いついた時に、僕は悩んでいた問題の突破口が開いた気がした。

この作品が表題となった処女短編集『地には平和を』（一九六三年）のあとがきで、僕はこんなことを書いている。

「正攻法で文学にしようとすれば大変な量になる材料も、それを裏がえした形でまとめれば、ごく短いものにまとめられる……。こうして私はうまれてはじめてSFを書き、ついでにコンテストに応募した」

だいたい、「この歴史は間違っている」とか「なぜ歴史がいくつもあってはいけないのだ」なんて登場人物に言わせることができるのは、SFというジャンルしかありえないだろう？

僕はSFに出会うことで、自分の中にあった「戦争」にひとまずケリをつけることができた。逆に言えば、僕にとって戦中戦後の経験はそれだけ大きかったということ。あの戦争がなかったら、おそらく僕はSF作家にはなっていない。

この歳になって振り返ると、あの時代の一つ一つの体験が、自分の原点になっていることがよくわかる――。

昭和初期の大衆文化を浴びて

僕は一九三一（昭和六）年一月、大阪市京町堀（西船場）に生まれた。本名は小松実。家は理化学機械を扱う会社をやっていて、五男一女の次男。親父は明治三十三年、おふくろは明治三十七年生まれで、親父は千葉館山の網元の倅、おふくろは日本橋人形町の出身と、二人とも関東の人間だった。親父とおふくろの兄貴が明治薬専で一緒で、それが縁で知り合ったらしい。婚約して親父が一足先に大阪に出てきて、その直後の大正十二年九月一日、おふくろは関東大震災に遭う。僕は子供の頃、おふくろからその時の話をよく聞かされた。それが『日本沈没』にもつながっているのかもしれない。

僕が育った時代は、生まれた年が満州事変、小学校に上がった年に日中戦争、小学校五年生で大東亜戦争が始まって、中三の時に戦争が終わった。こう説明すると軍国主義一色だったと思われがちだが、決してそんなことはない。大東亜戦争末期に重なる中学時代は嫌な記憶も多いが、それ以前はむしろ大衆文化が花盛りの時期で、映画、演劇、寄席、ラジオ、雑誌……といったメディアを通じて、芸能、音楽から小説、漫画までさまざまな文化に触れていた。

小学校に入る前に兵庫県西宮市に引っ越したが、今にして思えば我が家は典型的な一九三〇年代の都市中流家庭だった。家にはラジオも蓄音機もあり、義太夫からチゴイネルワイゼンまでいろいろなレコードがあった。僕は児童劇団にも所属していて、五年生の時にはＮＨＫ大阪の「子供放送局」でＤＪ役をやらされたし、ラジオ・ドラマに出演したこともある。

親父に連れられて寄席や歌舞伎、それからチャップリンの映画などもよく見に行ったし、エノケン、ロッパ、エンタツ、アチャコといった斎藤寅次郎監督のドタバタ喜劇も大好きだった。小学校に入る前から上原敏の「やくざ小唄」ものや、親父たちの歌う戯《ざ》れ歌、替え歌の類をおぼえていた。昭和一桁代のちょっとデカダンなエロ・グロ・ナンセンスの文化を、たっぷりと吸収していた。相当にマセた子供だった。

四つ上に兄貴がいて、『少年倶楽部』や『子供の科学』を買ってもらっていたから、僕も一緒に三つ四つの頃から読んでいた。海野十三、佐藤紅緑《こうろく》、高垣眸《ひとみ》、山中峯太郎、南洋一郎、江戸川乱歩……新兵器が出てくる科学小説、海洋冒険小説、探偵小説、もう何でも片っ端から読んだ。『のらくろ』や『タンクタンクロー』などの漫画も好きで、実は小学校四年生の時に、ちゃんとコマ割りした四ページくらいの漫画を描いている。

友達にウケるのが好きだったから、綴り方の時もつい面白く書いてしまって、「真面目に書きなさい」と先生によく赤字で書かれていたものだ。

そういえば、少年小説を通じて、あの頃からすでに「原子爆弾」という言葉も知っていた。昭和十六年に『毎日小学生新聞』（当時は『少国民新聞』）に北村小松が「火」という作品を連載し始めた。「火」というタイトルは有明海の不知火《しらぬい》から取ったもので、不知火を調べに行った主人公が某国のスパイに出会う。そのスパイが何を探っていたかというと、それが「原子爆弾」だった。「マッチ箱一つで富士山が吹っ飛ぶ」と書いてあって、子供心に「こんなの嘘だろう」と思っていた。それが四年後には二発も落ちるのだから、本当に驚いた。

中学時代のあだ名は「うかれ」

一九四三（昭和十八）年、僕は小学校を卒業し、地元のエリート校として知られた神戸一中に入学した。時局がら小学校は卒業する時には「国民学校」に変わっており、中学では軍事教練も始まっていた。終戦までの二年半は、ひたすら殴られ、腹を空かしていた記憶しかない。僕は小学校の時から近眼で眼鏡をかけていた。中学一、二年といえば、教師に殴られて折れた眼鏡を持って、ふらふら歩いている自分の姿が浮かんでくる。

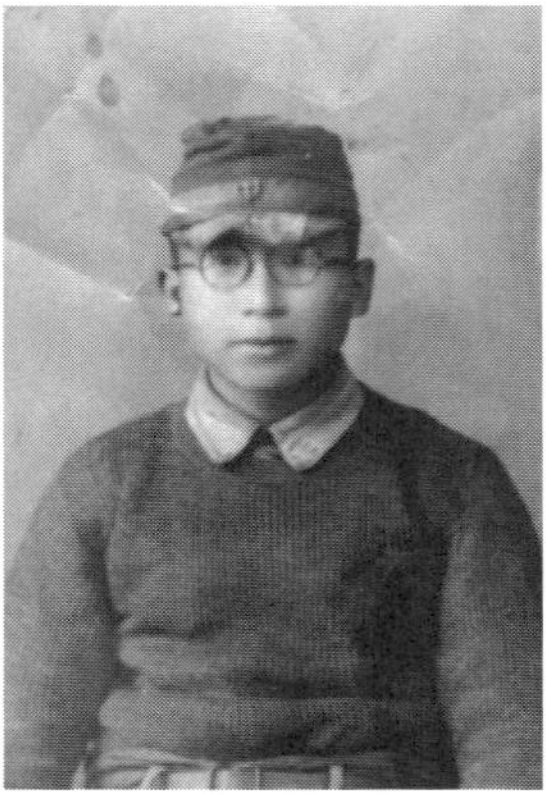
神戸一中時代の小松少年

生来のオッチョコチョイな性格に加えて、中流家庭のボンボンで面白大衆文化がしみこんでいたから、ずいぶん頓珍漢なこともやった。中学一年の正月、全校で宮城を遥拝する時に、日の出を見ながら「♪地球の上に朝が来る。その裏側は夜だろう」なんていう「川田義雄とミルク・ブラザース」の歌をつい口ずさんでしまって、思いっきりぶん殴られた。

そんな落ち着きのない生徒だったからか、ついたあだ名が「うかれ」。学校の成績は良かったのだが、およそ当時のエリートとは程遠い落ちこぼれだった。

中学二年の時、そういう浮かれた性格を直せということで、図書委員をやらされた。しかし、そのおかげで僕は大事な本と出会うことになる。図書館に揃っていた新潮社の「世界文学全集」だ。英米作家のものは「敵性文学」として奥に隠してあったが、この全集との出会いが外国文学に親しむきっかけになった。

なかでも特に影響を受けたのが第一巻、ダンテの『神曲』だ。いちばん最初にプトレマイオスの天動説宇宙の絵があって、地球が描いてある。それで悪魔のルチフェロが地獄に落ちていくわけだが、それがなんと地球の中心に止まっている。ニュートンよりも前の時代に書かれているのに、地球の中心が「底」だということが分かっている……。不思議なものだと思った。僕は後に三高から京大文学部のイタリア文学科に進むが、それも『神曲』を読んでいたことが少なからず影響している。ファンタジーと科学の関係について考え始めたのも、『神曲』を読んだ頃からだ。

もう一つ、中学一年の国語の先生には感謝している。確か「寒い朝」という作文を書いた時のこと。「非常に簡潔に書けていて、無駄な描写が全くない」と、模範文として取り上げて褒めてくれた。師範学校出ではなくて大学の国文科を出た先生だったが、この時は嬉しかった。このことがあって、小説でも書いてみようかとぼんやり思うようになった。もちろん、そんなことを考えるのは戦後になってからだけれども。

軍需工場で迎えた八月十五日

一九四五（昭和二十）年に入ると、空襲は激しくなり、中学三年に上がってからはもう勉強は中止で、工場動員されることになった。コメの配給は一日一人五勺（〇・五合）。あとは虫食い大豆、カチカチのトウモロコシの粒などの雑穀や、くさった乾燥芋が少し。僕もガリガリに痩せていて、毎日工場に通うのも必死の思いだった。

あの頃の僕は、自分の将来などとても考えられなかった。徴兵年齢はもう十九歳まで下がっていたし、終戦間際には十七歳以上が兵役に編入された。海軍兵学校にも予科ができて中三から募集し始めた。自分が兵隊に召集される日も、そこまで来ていると感じていた。

僕はひどい近眼だったから、教練の教官からも担任教師からも「お前は鉄砲も撃てないし、いい兵隊になれない」と非国民扱い。担任からは「本土決戦になったら、お前は塹壕の中から竹槍で戦車の腹を刺せ」とまで言われていた。僕はきっと「輜重輸卒《しちょうゆそつ》」（軍隊で食料や物資を運ぶ係）としてこき使われて、鉄砲も持てず泥の中をはいずり回りながら、誰にも知られないまま死ぬのだろうと思っていた。

その年の四月、二つ上の僕の尊敬していた優秀な先輩が、特別幹部候補生として陸軍に入隊した。特攻隊に行くよと言って。ところが、訓練中にエンジントラブルで墜落死してしまった。特攻どころか実戦にも出ないまま死んだ。そのことがあってから、僕は余計に絶望的になっていったように思う。

中学の同級生で札付きの不良だった男は、放校になるくらいなら予科練に志願したらどうだと半ば脅されて、僕の学年で一人だけ「志願」して「英雄」になった。ところが彼は生き残って、「戦後初の中学生のピストル強盗」をやらかす。僕は彼がグレた気持ちも分かるような気がする。

徴兵を待つまでもなく、僕も何度か死にかけた。神戸でグラマンに追いかけられて真っ直ぐに逃げていたら、誰かに腕をつかまれて横に引っ張りこまれた。そしたら僕が走っていた先に二十ミリ機関砲がダダダッと撃ち込まれて……。弾を見たら腰が抜けた。

おふくろと弟妹は疎開し、松江高校に入っていた兄貴は動員で名古屋に行かされて、僕は親父と二人暮らし。親父が出張で不在の時に焼夷弾が降ってきて、一人で消し止めたこともあった。ところが二階の大屋根に突き刺さった最後の一発を叩き落とそうと上った時、油脂焼夷弾のゼリー状の油に足を取られて滑り落ちた。かろうじて軒瓦につかまって助かったが、落ちていれば骨折では済まなかった。

焼夷弾は何十発と束ねられて、ケースに入れられた状態で落ちてくる。途中でその束ねた帯金がはずれてばらまかれるわけだが、ケースについている尾羽根や帯金がブンブン飛んでくる。一度は、その尾羽根が背中をかすめたことがあった。一歩遅れていれば、間違いなくグシャグシャになって死んでいただろう。

八月八日の新聞には、広島に落ちた「新型爆弾」の記事が載った。ちょうど兄貴が名古屋から帰ってきて、「これはどうも原子爆弾らしいぞ」と教えてくれた。小学生新聞の「火」で書かれていたのは本当だったんだなと二人で話した。

十五日の朝になって、陛下の玉音放送があると伝わってきた。当時、僕たちは川崎重工の工場で「蛟龍《こうりゅう》」という五人乗りの本土決戦用特殊潜水艇を造っていた。午前中の作業がいつもより十分早く終わって、みなでラジオに聞き入った。僕は「共同宣言」という言葉と「堪え難きを堪え」という言葉しか理解できなかったが、担任教師は大感激して演説をぶった。陛下は共同宣言を「離脱」したと言われた。ますます一億一心、尽忠報国の意気にもえ、聖戦の完遂に向かって邁進すべし……と。しかし、生徒の間では、「離脱」じゃなくて「受諾」じゃないか、とヒソヒソ話し始めた。勇敢な一人が、「受諾と聞こえました。日本は負けたんやないですか」と言ったところ、はり倒された。彼はこの時に鼓膜が破れてしまった。本当にバカげた話だ。

そうこうするうちに、別の工場から上級生たちがドヤドヤやってきて、「お前ら何しとるんや。日本は負けたんやぞ。もうやめてまえ」と真相を教えてくれた。誰かが勝手に配電室に押し入って、電源を落とした。みんな「やめや。やめや」と外に出た。そしたら一人だけ、電源が落ちたせいで天井走行クレーンに取り残されたのがいて、「おーい、待ってくれー」と叫んでいた。

こうして戦争はあっけなく終わった。でも、僕は「本土決戦」「一億玉砕」という言葉に死を覚悟していた、あの絶望的な日々は忘れることができない。「地には平和を」はもちろんだが、『日本沈没』を書いたのも、「一億玉砕」を唱えるような本当に情けない時代の空気を体験していたからだ。玉砕だ決戦だと勇ましいことを言うなら、一度くらい国を失くしてみたらどうだ。だけど僕はどんなことがあっても、決して日本人を玉砕などはさせない――そんな思いで書いていた。

それから少年ながらに痛感したのが、科学技術の進歩と恐ろしさ。一九〇三年にライト兄弟が飛行機で飛び、一九〇五年にアインシュタインが特殊相対性理論を発表し、そのわずか四十年後には日本に原子爆弾が落とされた。日本だって理研で原子爆弾を研究していた。たまたまアメリカが先に「実用化」しただけ。これはたいへんなことになったと思った。科学は何を作り出すかわからない。科学を制御できなければ人類は滅んでしまうぞ、と。そういう思いが根っこにあったから、『復活の日』も書いたのだと思う。

闇市とジャズバンド

終戦で感じたのは、とにかく解放されたのだ、ということだった。もう空襲も工場動員もない。必ずあると思っていた「本土決戦」もなくなった。これでもう殺されないで済むと思った。

世の中に虚脱感はあったが、誰もが食うために、生活するために動き始めた。「戦後」というのは、食って生き残るために始まった。そんな印象だ。

戦争中は西宮の浜は軍の管理下にあって、イワシ漁船の操業が禁止されていたが、それも解けて、八月十九日からイワシ漁船が出るようになった。あの頃は三食イワシということもあった。

一カ月くらいすると学校もまた始まった。でも最初にやらされたのは教科書の墨塗り。歴史と国語の教科書で、鬼畜米英のような表現を塗りつぶしていく。物資不足で新聞紙のような薄っぺらな教科書だったから、それもすぐに終わり、次は焼け跡の片づけをやらされた。至る所に水道のパイプが突っ立って水がこぼれていたから、その元栓を探して閉めて、不要なパイプを切り落としていく。

街にはあっという間に闇市が立ち始めた。その主役になったのは、戦勝国でも日本でもない第三国人と当時称された朝鮮人や中国人たちだった。三国人には占領軍の権限も及ばなかったからピストルも押収されない。たちまち勢力を伸ばしていった。僕たちが水道の作業をやっている最中に、米軍兵士と三国人が撃ち合いを始めたこともあった。

僕も友人に誘われて田舎から肉を買い付けて売ってみたり、占領軍のGIからチョコレートやタバコを仕入れて三倍くらいで売ったり、何回か闇商売をやった。きわめつきは「サッカリン」の取引。中学生の制服だったら怪しまれないからということで、他校の友人二人と一緒に闇取引の見張り役をやった。モンサントという会社のサッカリン(人工甘味料)だと言われて。ところが、僕がたまたま腹をこわして休んだ時に手入れがあって、みんな捕まってしまった。どうやらサッカリンじゃなくて麻薬だったらしい。それからしばらくは、自分も捕まりやしないかと生きた心地がしなかった。

都会の中流家庭のボンボンでさえ、そんなことをやるわけだから、とにかくアナーキーな状態だった。戦災孤児のガキどもが、ピストルを持って大人からカネを巻き上げたり、復員兵がギャングみたいなことをやったり。前に触れたように、僕の中学の同級生はピストル強盗をやらかしたし、同い年の女学生は浮浪者に強姦されて殺された。小学校の同級生で、パンパンになった女の子もいた。今からは想像できないような無警察状態だった。あんな悪夢のような時代は、もう二度とごめんだ。

世の中はケダモノじみていたが、一方で学校の中には「民主主義」が持ち込まれて、戦前とは様変わりした。明けて一九四六年、四年生のクラス委員は選挙で決めることになった。そしたら、あろうことか僕が選ばれてしまった。それまでクラス委員というのは、成績優秀、品行方正な人間を教師が任命するものだった。なのに僕のような不良が選ばれてしまったものだから、教師は苦虫を嚙みつぶしたような顔をしていた。

文芸部を作って、昔あった『神中文藝』も復刊した。その復刊第一号に、僕も「成績表」という小説を書いた。これが初めて書いた小説だ。落ちこぼれが試験の成績表に一喜一憂するというユーモア小説。僕としては『少年倶楽部』の佐々木邦の路線を狙ったもので、エノケン好きの友人たちには評判がよかったのだが、先輩たちからは『神中文藝』の名を汚しやがってと睨まれた。

五年生の時には演劇部を作って、神戸一中始まって以来の演劇上演にこぎつけた。軽音楽部を作って、学校でジャズ演奏したのも僕たちが初めて。後に俳優になる高島忠夫と「レッド・キャッツ」というジャズバンドを組んだ。高島がギター、僕はバイオリンを担当した。高島は「ボウズ」というニックネームだった。もともとチャンバラが好きだったので「チャンバラ」と呼ばれていたが、インドの独立運動家チャンドラ・ボースに引っかけているうちに「ボウズ」になってしまった。

文芸、演劇、音楽……まさに表現の自由がきたという感じで、いろんなことをやった。何を言っても何を書いても、もう怒られないと思った。

文化系の活動ばかりじゃない。五年生の時にはラグビー部にも入って県大会で優勝した。とにかくいろんなことに手を出した。そういえば、タバコをおぼえたのも四年生の時。最初は友人が闇で手に入れたフィリップ・モリスの甘い匂いに誘われたのだが、そのうちシケモクから代用品まで、吸えるものなら何でも吸った。吸っていれば空腹をまぎらすことができたからだ。以来、今日に至るまでヘビースモーカー生活が続いている。

輝かしき三高の一年

五年間の中学生活も終わりに近づき、受験の時期がやってきた。親父が京都の三高を受けろといい、僕もその気になった。担任教師からは「お前なんかには絶対無理だ」と言われたが、兄貴のお古の参考書で必死に勉強したおかげか、あっさり合格した。神戸一中から十三人受けて、合格したのは七人。僕のような不良がよく受かったものだ。

旧制高校といえば弊衣破帽。入学式には、これまた兄貴が松江高校で使いこんだ白線帽とマントで出席した。三十代後半に書いた『やぶれかぶれ青春記』の中で、僕はこの日のことを「わが人生『最高の日』」と表現しているけれども、本当にこの時の感激は今でも鮮やかによみがえってくる。抑圧的な中学から解放された喜び。大人の世界に足を踏み入れた嬉しさ。あの入学式は僕にとっては成人式のようなものだった。

実際、中学生活と比べれば、高校はまるで別世界だった。教師たちは必ず「小松君」と君付けで呼んでくれたし、上級生たちも対等に扱ってくれた。授業をどれだけサボっても何も言われない。勉強をするのもしないのも自由。ただし、その結果は自分で責任を取る。旧制高校は三年制で各学年一回までダブリが許されたから、表裏六年まではいられた。その間に自分の進路、打ち込むべき学問を見つけるという感じだった。

とにかく僕も高校生活を最初から満喫した。授業はサボり倒して、たっぷりとある時間を外国文学の読書に費やした。なかでも影響を受けたのが、ドストエフスキーの『カラマーゾフの兄弟』。入学直前にこの本に偶然出会って、読み出したら止まらなくなった。高校の図書館でドストエフスキー全集を二カ月足らずで読破した記憶がある。あとはゾラ、スタンダール、バルザックとフランス文学を漁り、ゴーゴリ、ツルゲーネフ、トルストイのロシア文学、ゲーテ、マン、ヘッセのドイツ文学と手当たり次第。プルースト、ジョイス、フォークナーやマルローも好きだった。

ちょうど実存主義文学の全盛期で、それも夢中になって読んだ。サルトルの『嘔吐』『自由への道』にはかなりの影響を受けたし、後にはカミュやカフカもよく読んだ。

日本文学でよく読んだのは安部公房、埴谷雄高。他には谷崎潤一郎、椎名麟三、織田作之助、坂口安吾……。当時まだ自然主義文学や白樺派もあったのだが、そういうものには全く興味がなかった。志賀直哉の『暗夜行路』なども仕方なく読んだが、時任謙作というのはいったい何をやって食っているんだろうと思いながら読んでいた。尾道まで行ってウロウロしたり、売春婦のオッパイを触っているだけのような小説。あんなウジウジした小説のどこが面白いんだろうと思っていた。

当時の日本の知識人で影響を受けた人を一人挙げるとすれば、なんといっても花田清輝だ。一九四六年に刊行された『復興期の精神』は何回も読んだ。ルネッサンスの巨人たちを素材にしながら、戦後日本の再生を見通していく、その着想とダイナミズムは素晴らしい。花田は後に吉本隆明との論争に負けて、まもなく身体も壊してしまい寂しい晩年だったが、もっと評価されてよい人ではないかと思う。ちなみに、翻訳書で繰り返し読んで最も影響を受けたのは、エドムント・フッサールの『純粋現象学』。これは高校時代ではなく大学に入ってからだが、ノート三冊にメモを取りながら読み込んだ。

まあこんな具合で、とにかく高校一年の時はひたすら本を読んだ。このままあと二年も読書三昧かと喜んでいたら、なんと学制改革で旧制高校が廃止になるという。我々は翌一九四九(昭和二十四)年三月に旧制高校を卒業して、七月に新制京都大学を受験しなければならなくなった。旧制高校生活はたった一年で終わることになってしまった。

そんなわけで僕らの学年は、旧制高校の最後の世代であり、新制大学の一期生ということになる。三高時代は読書の仕方を学んだだけでなく、めちゃくちゃな下宿生活を送りながら、いろんな遊びもおぼえた。僕にとって旧制高校は、いわば「青春の休暇」だった。それがたった一年で終わったのは、本当に残念なことだった。

発作的左翼学生の挫折

京大に進学する時、親父は理系に行けと言った。本人は化学の機械屋だし、兄貴も理系。就職を考えても理系が有利だから、まあそう言うのも当然だ。しかし僕は文科系に行くと言い張った。ならばせめて法科か経済にしろと言われたのだが、選んだのは文学部。それも最も就職がなさそうなイタリア文学専攻に決めてしまった。おかげで大喧嘩になって、学費は出してもらえなくなった。

なぜイタリア文学だったかと言えば、一つはダンテの影響があるし、当時ピランデルロに入れ込んでいたというのもある。あるいは、あの頃はイタリア映画が流行っていて、それもよく観ていた。でも実際のところは、三高時代の悪友に「イタリア文学は楽そうだ」と誘われたのが大きいかもしれない。あまり将来のことを考えていなかったことだけは確かだ。

イタリア文学の教授は野上素一。作家の野上弥生子の長男で、イタリア文学専攻は彼がいたからこそ出来たようなもの。僕らはよく先生の研究室に入り浸って、酒を飲んだりしたものだ。ある日、先生が「じゃ、授業に行ってくる」と言って出て行った。でもすぐに「誰もいませんから休講にしました」と帰って来た。それもそのはず、授業を取っていた学生全員がそこで酒盛りをしていたのだから。そんなのんびりした時代だった。

大学時代、やっかいだったのは、授業よりもむしろ「政治」との関わりだった。

僕らの学年は変則的で、新制大学の一年目は一九四九年九月にスタートした。この年は日本共産党が衆院選で三十五議席獲得し、議会制民主主義下での革命政権樹立を言い始めた年。当時の学生は、共産党はかっこいいという程度の感覚でシンパシーを感じているのが多かった。僕もそのクチで、入学してすぐの秋、イタリア文学に誘った悪友に引っ張られて共産党の京大細胞に入った。まあ、発作的左翼学生といったところか。

もともと資本論なんて読んでいなかったし、何か強い政治的な主張があったわけでもない。唯物弁証法をもじり、コメがあるうちに食堂に並ぶことを「唯食弁当法」と称して、「おい、マルクス行かへんか」なんてやってたくらいだから。僕にとって共産党は、その年に公開された映画『青い山脈』のイメージと重なっていたように思う。当時はシベリアから抑留者も帰ってきて、ロシア民謡を持ち帰っていた。その雄大な歌や、あるいはソビエト映画を通じて、ソ連や共産党に憧れを持ったのかもしれない。

実際、京大細胞で僕がやったことといえば、音楽や漫画の特技を生かして、歌唱指導をやったりデモのプラカード書きをやったりといった程度のこと。一九五〇年一月、日本共産党はその議会主義をコミンフォルムから批判されて、その結果、国家単位の革命を主張する主流の「所感派」と、世界同時革命を追求する反主流の「国際派」に党内が分裂するが、それも何のこっちゃという感じだった。

僕にとって戦争がいかに大きかったかはすでに述べたとおりだが、左翼活動もやはり反戦運動としてとらえていたところがあった。当時、朝鮮半島の緊張が高まっていて、九州大学から始まった反戦学生同盟の動きを受け、京大でも六月に反戦学生同盟の結成大会を開く。僕もその中心メンバーの一人で、反戦学生同盟で出した『反戦平和詩集』には「きみと共に」なんて詩も書いている。当然ながら反戦デモなどもやったのだが、所感派の指導部はそんなデモはダメだという。結局、京大細胞は処分され、僕も党活動制限処分というのを受けて議論に参加できなくなってしまった。

それでも学生同盟としてデモはやり続けなきゃいけない。そんなある日、デモのリーダー格の一人として円山公園に向かっている時、南座の前にさしかかったら、ちょうど歌舞伎の『鈴ヶ森』をやっていた。「ちょっとここで待っててくれ」と言ってプラカードを誰かに渡して切符売り場にいくと、中村吉右衛門の「幡随院長兵衛」が始まるところだった。一枚買って立ち見席に上がったら、「お若えの、お待ちなせえやし」と声が聞こえて、まさに花道から出てくる場面。僕は至福の思いでその一幕だけ見て外へ出たのだが、待っててくれと言ったのにデモの連中は進んでしまっていて、円山公園に行く途中の花見小路のところで警官隊につかまっていた。

僕は中村吉右衛門の「幡随院長兵衛」に間に合ったという幸せ感と、デモをぐちゃぐちゃにしてしまった責任感で、もう自分の中で整理がつかない。自己批判書を出さないでいたら、査問すると言われたが、さすがに僕も「お若えの、お待ちなせえやし」が見たかったとは公の場では言えなくて、査問にも行かなかった。当時は京都の指導部もその下の京大細胞も分裂していたから、そのうちウヤムヤになってしまった。

そのデモの一件が一九五一年の暮れの話。発作的左翼学生としての僕の活動は、事実上この時点で終わった。もっとも、その後も党籍は残っていたらしくて、おかげで就職の時にさんざん苦労することになるのだが……。

左翼活動から離れた直接のきっかけは党活制限やデモの一件かもしれないが、その前から僕は京大細胞の中で孤立していたと思う。反戦運動や学生組織としての活動には熱中したけれども、共産主義そのものには全く興味が持てなくなっていた。途中から、アジテーターたちの言っていることは、戦争中の「お国のためにみんな死ね」というのと同じだと思った。天皇の代わりにマルクスを拝んでどうするんだ、と。ブルジョワはみんな悪、プロレタリアートはみんな善——その単純さはわかりやすいが、善と悪の中間にもいろいろある。共産主義が本当に人民を幸せにするか、非常に疑問を持った。

共産主義に懐疑的になった頃に、「少し待ってくれ、もう少し共産主義について勉強したい」と幹部に申し入れた時の返事は忘れられない。ためらいも何もなく、即座にこう言われた。「歴史の必然は君の理解を待ってはおらん！」。これにはめげたね。

最後はバカバカしい記憶しかない。レッド・パージで幹部は地下に潜るわ、山村工作隊の指令は出るわ……。だいたい、田舎へ行ってオルグせよと言うけれども、日本中どこへ行ってもラジオはあるし、無知な農民なんているわけがない。毛沢東の中国とは根本的に違う。そんなことを言い出す幹部連中にほとほと嫌気がさして、結局、政治活動からドロップアウトしてしまった。

つまるところ僕の基本はドストエフスキーだったのだと思う。文学は自由なものであり、何を書いてもいいというのが僕の信念で、どんなに大勢と違って批判を受けるとしても、自分の考えを表明したり、それに従って行動する権利があると思っていた。それが僕の実存なのだと。だから有り体に言えば、当時の若者の一つの典型かもしれないが、左翼思想と実存主義に同時期に接して、結局は実存主義を選んだということだ。

我が友・高橋和巳

そんな具合で左翼活動には苦い記憶しかないが、人とのつながりという意味では、京大細胞や学生組織での経験は僕に大きな転機をもたらしてくれた。それは、後に作家になる高橋和巳や三浦浩との出会いだ。

僕が共産党に入った頃、高橋たちは「京大作家集団」というグループを作って同人誌活動を始めていた。新制大学文学部の一年生が中心になった同好会だ。それで僕と、僕を共産党に引っ張り込んだ悪友の二人が、京大細胞から「京大作家集団」をテイクオーバー（乗っ取り）に行かされた。僕はそこで、高橋や三浦と出会うことになる。

高橋とは最初からウマが合った。彼の作品を読んで、何とわかりにくい小説を書くんだと妙に感心して、話してみるとドストエフスキーや埴谷雄高が好きだというので意気投合した。

高橋は松江高校から来たのだが、もともと大阪の今宮中学の四年修了組。零細企業や自営業の子弟が多い学校で、彼の家も西成の零細家内工業だったが、ともかくその辺では抜群の秀才だったらしい。家の近くの大きな寺に漢書がたくさんあって、幼い頃から坊さんにいろいろ教わっていたようだ。だから漢籍の素養があって、後に吉川幸次郎教授とか国漢関係の先生に非常に可愛がられた。ともかく早熟で、苦悩のパターンもインテリ型だった。

例えば『カラマーゾフの兄弟』の読み方一つとっても、僕と彼とでは全然違った。高校入学直前にこの本と出会った時、僕は人間が犯罪を犯す動機にこんなものがあるのかと、犯罪の過程の面白さを読んでいた。人間の罪深さ、業の深さみたいなものはまだ読めていなくて、だからカラマーゾフ家三兄弟でシンパシーを感じたのも、父親殺しの嫌疑でシベリア流刑になるドミートリイだった。凶暴でろくでもない長男だが、実際には次男のイワンが召使いをそそのかして父親を殺させたわけで、無実の罪を着せられたのだから。

ところが、高橋は最初からイワンに感情移入して読んでいた。ラテン語も使える大秀才で、崩壊過程にあるカラマーゾフ家を一身に背負っている次男。家をなんとかしようと必死なのに、兄のドミートリイは協力してくれないし、弟のアリョーシャは知ってて何も言わない。その悲しみを思えと高橋は言う。裁判で全てを自白し、発狂したイワンこそ、罪の深さ、苦しみを一番知っていたはずだと。高橋は後に「知性の悲しみ」と言うようになるけれども、そういう傾向はこの頃からあった。

二人でいろんな本を読み合って、酒を飲みながらよく議論した。高橋の下宿で、埴谷雄高の『死霊』について延々と議論したこともあった。『死霊』の冒頭では『カラマーゾフの兄弟』の「大審問官」の章に言及しているのだが、あの章は僕にも高橋にも非常に大きな影響を与えている。

高橋は身体が弱くて、デモに出てもひょろひょろしているものだから、みんなから労られた。胸やら胃やら肝臓やら、あちこちが悪かったのだが、「これは俺の宿命として背負っていく」と言っていた。

この頃に高橋と知り合っていたのは、僕にとっても救いだった。政治や党派性の波にもまれて、戦争の時のように「自分」というものがまた抹殺されそうになり、そこから抜け出すためにはどうしても文学が必要だった。そこに高橋がいてくれた。在学中は『土曜の会』『ARUKU』『現代文学』などの同人誌を一緒に作ったし、卒業してからも『対話』という同人誌を一緒に創刊した。お互い作家になってからもけっこう飲んだ。一九七一年に彼がガンで亡くなるまで付き合いは続いた。

今だから明かせば、彼の作品には僕の話がヒントになったのもけっこうある。彼の出世作は、河出書房新社の第一回文藝賞を受賞した『悲の器』（一九六二年）だが、あれはもともと漢方の「人間は病の器である」という考え方から着想している。実はその「病の器」という言葉を教えたのは僕だ。僕は母方の祖父が漢方医だった関係で、そちらの知識が少しはあった。高橋はその言葉から、「人間は悲しみの器である」と発想したわけだ。そのアイデアを最初に聞いた時は「なるほどな」と頷いたのだが、二度目は「バカ、そんなものこうやってひっくり返したら終わりじゃないか」と、カクテルをひっくり返したのを憶えている。

高橋和巳（右）と。昭和30年代初め、鴨川付近にて

だいたい、『悲の器』のストーリーそのものは、東大らしき大学の法学部長がお手伝いに手を出すという単純なスキャンダルもの。それを彼特有の一種の難文体で書いている。彼としては問題の重さを表現するために荘重で晦渋な言葉を使ったのだと思うが、そんな小説を読まされる方の迷惑を考えてみろ、通俗を難しく難しく表現してどうするんだと、一度本人にも言ったことがある。まあ彼とすれば、自分の文章がそこらへんのやつに解ってたまるかというの

もあったのかもしれない。彼は後に「苦悩教の始祖」なんてあだ名を付けられたけれども、苦しむことに人としての存在意義を見出すというところがあった。

『悲の器』は高橋の愚痴みたいなものだと思ったが、『邪宗門』（一九六六年）は小説としてよくまとまっている。架空世界の設定の仕方はSFにも近い。これは僕の『日本アパッチ族』（一九六四年）の方法を意識しているのは間違いない。「アパッチのやり方をパクったな」と言ったら、「ばれたか」と笑っていた。彼自身も売れなきゃと思い始めていた頃だし、あの作品で彼もフィクションの方法に目覚めたのだと思う。

亡くなる前の年に西成で飲んだのが最後になった。三十九歳というのは若すぎる死だった。せめて五十過ぎまで生きていたら、彼の指向するものもかなり変わっただろうと思う。それをぜひ見てみたかった。

湯川秀樹博士の謎かけを解く

三浦浩との出会いも、「京大作家集団」だった。ただ、文学の趣味はまったく違っていたし、最初はソリが合わなかった。あいつも僕のことを鼻持ちならないやつと思っていたに違いない。でも途中からは僕や高橋のいい理解者になってくれた。

三浦は英文学派で、初めからプロ志向が強かった。卒業後、大阪産経新聞の記者をやりながら、早くから作家への道を考えていた。卒業後に作った同人誌『対話』にも、最初は三浦も参加していたのだが、こいつらと付き合っていてもプロにはなれないと言ってやめてしまった。我々の中では彼が一番「成熟した大人」だったのだと思う。

僕にとっては、学生時代よりもむしろ卒業してからの方が三浦との関係は深くなった。というよりも、実際にはこっちが彼の世話になりっぱなしだった。とにかく面倒見がよくて、僕が困っているといつも仕事を紹介してくれた。彼ももう亡くなってしまったが、三浦には本当に足を向けて寝られない。

普通であれば一九五三年三月に卒業するはずだったが、僕は一般教養の数学と必修の体育理論を出席点が必要だと知らずに落としてしまった。おかげで「汲み取り便所の構造」なんて授業を延々と聞くために、もう一年大学に通う羽目になった。ともあれ、ピランデルロを「地中海文学」というコンセプトで論じた卒論もきちんと書いて、五年生の時には新聞社や放送局の就職試験を受けた。けれども、どれも役員面接まで行くのにそこで落ちてしまう。ずっと後になって、『日本沈没』の取材で会った公安の人に話したら、「党籍を消しましたか」と言われた。どうやら当時はまだ記録が残っていたらしい。

文学部でしかもイタリア文学だから、当時の就職口といえば新聞・放送くらいしかない。もちろん同人誌も続けていたから、文学への志も捨ててはいない。新聞記者をやりながら、何か文学賞を目指そうなどと漠然と考えていた。でも、その前段階である就職に、そもそもたどり着かないわけだ。結局、就職先も決まらないまま、一九五四年三月に卒業ということになった。

今から思えば、当時の一つの選択肢としては、漫画家になる道もあったかもしれない。実は、恥ずかしくて若い頃はあまり大っぴらにしてこなかったが、僕は学生時代にモリ・ミノルというペンネームで、すでに漫画の単行本を三冊出していた。『ぼくらの地球』『イワンの馬鹿』『大地底海』という漫画で、いずれも大阪の貸本屋系の版元から出したもの。『ぼくらの地球』を出した時は、京大生が漫画を描くなんて珍しかったから、朝日新聞にまで取り上げられてしまった。ストーリー漫画としてけっこういい出来だと思うが、僕としてはあくまで同人誌の資金稼ぎのためにやったことで、この時はまだプロとしてやっていく自信も覚悟もなかった。

そんなわけで、将来の見通しが何もないまま卒業してしまい、廃品回収やドブさらい

学生時代に「モリ・ミノル」名で出した『大地底海』の扉と冒頭部分

のアルバイトで食いつないでいたところ、三浦が心配して、近々創刊予定の雑誌にカット係として潜り込ませてくれた。それが『アトム』という経済誌だった。

『アトム』という名前だから、僕はてっきり原子力の平和利用を目指すための雑誌だと思いこんでいたのだが、実際は単に経済誌『ダイヤモンド』に対抗して、ダイヤより硬いのはアトムだろうということで名付けたものだった。総会屋系の会社で、いわゆる「取り屋雑誌」のような経済誌を考えていたようだ。

ところが集まったスタッフを見渡してみると、取材も編集もしたことのない素人ばかりで、どう見ても僕が一番詳しい。

結局、僕の独断で突っ走って、社長にも「こういう記事が面白いですから」とプレゼンしているうちに、原子力関係中心の経済誌というコンセプトに変わってしまった。毎号六十四ページの月刊誌だったが、五十ページ分くらいは僕が書いて、カットも自分で描いた。取材記者兼ライター兼イラストレーター兼編集長みたいな感じだった。

原子力中心の経済誌というのは他になかったから、電力関係からプラントメーカー、第一線の研究者までいろんなところを取材できたし、実に面白い経験ができた。石川一郎経団連初代会長をはじめ財界首脳や役所を取材したことで、産業界や世の中の仕組みがおおよそつかめた。米国のマグロウヒルから出ていた『ニュークレオニクス（原子核工学）』という英字専門誌を毎号定期購読して、最先端の科学技術雑誌を読む勘所も身に付いた。当時大阪でそんな雑誌を買っていたのは、『アトム』編集部と伊藤忠の原子力部門だけだった。後から考えればこれは願ってもない環境で、僕にとっては社会人生活をここからスタートしたのは大きな意味があったと思っている。

忘れられないのは、創刊一周年記念号の目玉として湯川秀樹博士に取材した時のこと。湯川先生は東洋史の貝塚茂樹先生の弟だから、高橋和巳に頼んで貝塚先生から紹介してもらったのだが、当時は取材に来る新聞記者があまりに不勉強なことにウンザリされていた。その時も、最近はどんなことに関心をお持ちかと僕が聞いたら、「小松君、この歌は知っているか」と仰る。

「月やあらぬ　春や昔の春ならぬ　わが身ひとつはもとの身にして」

僕が「在原業平ですね」と答えると、「おっ、よく知っているね」と。当時すでに量子力学の観察者問題（極微小の量子力学の世界では、観察すること自体が観察されるものに影響を及ぼしてしまうという問題）が言われ始めていたから、「観察者問題ですか」と尋ねたところ、先生も一気にうち解けてくれた。

僕の場合、在学中よりもむしろ卒業してから、京大の先生方との交流が深まっていくのだが、京大の「知」の特徴は、文系とか理系といった二分法では括りきれない「学際的な知」「総合的な知」というところにあったように思う。量子力学の観察者問題を示唆するのに湯川先生が業平の歌を持ち出したのも、まさに学際的というか、これぞ「教養」というもの。もちろん僕なんぞはただのチンピラに過ぎないが、それでもこの京大型教養のＤＮＡは、若い頃からどこかに埋め込まれているような気がする。

一万二千枚の漫才台本

『アトム』の頃は忙しかったとはいえ、高橋たちと『対話』という文学の同人誌を続けていたし、一方で神戸高校（神戸一中の後身）のOBで作った劇団・牧神座にも引っ張り込まれて、脚本を書いたり演出したりしていた。当時は四《し》方内《かたうち》和《かず》、牧慎三、小松実の名義を使い分けていた。そのアマチュア劇団の女優だったのが僕の女房だ。

勤め始めて四年たった一九五八年、親父が自分の経営する工場を手伝ってくれと言うので、『アトム』を辞めた。親父の工場では地方出身の工員さんたちを使ってガラス鋼管を作っていて、僕は二十七歳でそこの工場長ということになった。

ガラス鋼管は化学肥料を作る時に使われたから、農業復興の波に乗って景気はよかった。ところが、親父に経営センスがまったくない。事業を拡張しすぎて、景気がいいのに赤字続き。絵に描いたような放漫経営だった。結局、二度も倒産して、借金を抱え込むことになってしまった。

女房と結婚したのも、工場長になって借金を抱えたちょうどその五八年のこと。あの頃は本当にきつい時期だった。借金のカタに工場の機材を差し押さえにやってくるものだから、その連中が来る前に僕が古道具屋に売り飛ばしたり。それで揉み合いになって、

ラジオ大阪でニュース漫才の台本を執筆中の著者

ボコボコに殴られたこともあった。新婚早々、六畳一間のアパートに背広を引きちぎられて帰った。さすがにそれ以降は、女房が心配するから喧嘩はしないようにしたけれども。

カネ欲しさに、神戸の新世界や三宮で、高レートの麻雀に手を出したこともあった。中国人が相手で、ルールも牌をカゴに入れていく中国式。熱くなるとピストルを出すやつもいたりして、あれは怖かった。

でもまあ、捨てる神あれば拾う神ありで、その頃開局したばかりのラジオ大阪の編成に三高の先輩がいて、その先輩からニュース漫才の台本を書いてくれと頼まれた。「いとし・こいしの新聞展望」という番組で、どうも前任者の書くものが硬くて評判が今ひとつだったらしい。

先輩は僕が漫画を描いてるのを知っていたから、大丈夫だと思ったのだろう。「小松ちゃん、ゆるめに頼むよ」と気楽に頼んできた。幸い僕のは評判がよくて、結局一九五九年秋から足かけ四年、ほぼ毎日台本を書いた。勘定してみると、ざっと一万二千枚くらいは書いている。

ニュース漫才の少し前から、大阪産経新聞文化欄の翻訳ミステリ雑誌評の仕事もやるようになっていた。これも三浦が僕の生活を心配して回してくれたものだ。ラジオ大阪のある産経会館と新聞社のあるサンケイビルは隣同士で、三階の廊下でつながっていたから、この界隈をしょっちゅうウロウロしていた。ちなみにその頃、三浦の上司だったのが司馬遼太郎さん。当時はよく知らなかったのだが、後に親しくなってから、「君たちが飲んでいたコーヒーの伝票は、全部俺が切ってやったんだ。おかげで髪がこんなに白くなった」なんて言われたものだ。

この時期はちょうど翻訳ミステリの隆盛期で、ウオッチすべき雑誌も『エラリイ・クイーンズ・ミステリ・マガジン（EQMM）』（早川書房、一九五六年六月創刊。現在の『ミステリ・マガジン』の前身）、『マンハント』（久保書店、一九五八年八月創刊）、『ヒッチコック・マガジン』（宝石社、一九五九年六月創刊）と三誌に増えていく頃だった。

そしてそこに、早川書房から創刊されたのが『SFマガジン』だった。忘れもしない一九五九年十二月、暮れも押し迫った頃に、三浦が「新しい雑誌が出たから一緒に紹介してやってくれ」と創刊号（一九六〇年二月号）を持ってきた。あの頃の出版界では、まだSFはミステリの変種と思われていたから、三浦も僕に読ませようとしたわけだ。しかし冒頭で触れたように、これが僕にとっては運命の出会いになった。

最初で最後の直木賞候補

『SFマガジン』に第一回SFコンテストの募集が掲載されたのは一九六〇年十一月号。締め切りは確か十二月だったが、「地には平和を」は募集告知を見てから三日で書き上げた。ニュース漫才の台本を書くのにラジオ大阪の原稿用紙を家に持ち込んでいたから、それを使った。

「地には平和を」という題名は、聖書のルカ伝からとった言葉だ。「グロリア・イン・ケレス、パーケム・イン・テリス」、すなわち「天には光、地には平和」。実を言えば応募した時は「地には平和」と書いていたのだが、下読み担当だった森優《まさる》さん（第二代編集長）が、「を」があった方がいいと考えて入れてくれたらしい。

この作品のラストでは、本土決戦を戦ったかもしれない世界と、戦後の平和な風景の中で女房子供とピクニックを楽しんでいるシーンを対比させている。これは僕にとっては当時かなりリアリティがあった。もともと本土決戦で死ぬと思っていたし、朝鮮戦争の頃もいつ日本に飛び火してくるかわからないと思っていたから、少なくとも自分は結婚しないだろう、子供も作らないだろうと思っていた。ところが、ちょうどこの頃、女房が長男を産んだばかりだった。

生まれたばかりの長男と寝ているところで、「こういうのに出すよ」と言ったら、女房が「通るといいわね」と言った。これは鮮烈に憶えている。苦しい生活の中で賞金も欲しかったから、その意味でも僕には切実な思いがあった。

でも、この時の結果は選外努力賞。入選はなく、佳作が三人だった。そのうちの二人が眉さん(眉村卓)と豊田有恒君で、僕は佳作にも入らなかった。それでも賞金を五千円くれるというので、親父の会社の用で東京に行った時に早川書房に取りに行った。神田のボロい木造の社屋にはびっくりしたが、あの頃の五千円は大きかったから、ありがたかった。

結局、「地には平和を」は『SFマガジン』には掲載されなかったが、選考委員の中で安部公房さんが僕の作品を推してくれたと聞いて、とても嬉しかった。安部さんは選評で「文章表現の追求力も確かだから、全体のバランスや落ちの甘さを警戒すれば将来きっといいものの書ける人だろう」と書いてくれた。

それに気をよくしたわけではないが、手応えは感じたので、翌年第二回SFコンテスト（一九六二年九月号募集）に「お茶漬の味」という作品でもう一度チャレンジした。今度は半村良さんと一緒に入選第三席になった（六二年十二月号で発表、掲載は六三年一月号）。普通であればこれで商業誌デビューということになるのだろうが、僕の場合、実はコンテストの発表と同じ号に入選第一作の「終りなき負債」が載ってしまった。それどころか、六二年十月号にすでに「易仙逃里記」という作品が掲載されている。だから商業誌デビュー作というと、「易仙逃里記」ということになる。

なぜこんなややこしいことになったかというと、努力賞で縁ができたのをいいことに、僕が原稿料欲しさにせっせと書いては編集部に送ったからだ。初代編集長だった福島正実さんによれば、僕が「ラジオ番組が打切りになって収入に異変を生じたから、書き溜めてあるSFを買ってほしい」という手紙を添えていたらしい。

ともかく親父の借金の返済で、もうしゃかりきになって働いていた頃だから、必死だったのだと思う。翌六三年は結局『SFマガジン』に八本も書いている。原稿料は一枚三百五十円と安かったが、ニュース漫才の方は一枚八十円だったから、それでも大助かりだった。

曲がりなりにも商業誌に書き始めたことで、一気にいろんなものが動き始めた。柴野拓美さんの『宇宙塵』や筒井康隆さんの『NULL』といったSF同人誌とも付き合いが始まって、「地には平和を」も『宇宙塵』に掲載されることになった（六三年一月号）。「終りなき負債」は、扇谷正造さんが『週刊朝日』で激賞してくれた。六三年八月には早川書房の銀背のSFシリーズで、処女短編集『地には平和を』が出る。そして、ここに収録された「地には平和を」と「お茶漬の味」で、いきなり六三年下半期の直木賞候補にまでなってしまう。

僕が直木賞候補になったのは、後にも先にもこの時だけ。初めて書いたSF、しかも選外努力賞で結局『SFマガジン』には掲載されなかった作品が候補になるんだから、世の中はわからないものだ。

もっとも、直木賞候補になって励みになったかといえば、そうでもない。僕としてはどちらかといえば芥川賞が欲しかった。でも僕の作品はその後、直木賞候補になることすらなかったし、ＳＦそのものが直木賞的な文壇からは排除されていった。筒井さんは三回も候補になったのに貰えなかったから、怒って『大いなる助走』を書いた。半村さんが受賞したのも風俗小説で、いわゆる文壇のＳＦに対する扱いというのは、ずっとそんなものだった。

そういえば、「地には平和を」で小松左京というペンネームを初めて使ったのだが、あの時「右京」にしようか「左京」にしようか迷った。ちょうど兄貴が姓名判断に凝っていて、「右京」なら名誉と金が手に入る、「左京」は新しいことができると言った。まあ、単に左がかった京大生だったから「左京」にしたのだが、「右京」にしていればもっと賞にも縁があったかもしれない。

Mini Library

「本当をいうと、私はもはや、何をしゃべっていいかわかりません。何もしゃべることはない、というべきでしょう。——三十五億に達した人類の、突然の終末にあたって、もはや追悼の辞も無意味でありましょう。ですが、私は胸はりさける思いで、もはやきく人もない電波を通じて、うつろな空き家となった、無人の世界にむかって語らずにはおられません。——もはや、神もいない。神は十九世紀末に人間の手によって殺されました。——私の前にひろがるのは、ただ黒暗々たる虚無——無意味な〝物自体《ディング・アン・ジッヒ》〟であります。消滅した人間の意識は何ものでもなく、太古の闇はふたたびこの美しい——だが無意味な、天体の上におとずれようとしております。地球はふたたび、いつの日か、高等な知的生物を——人間以外の意識をうみ出し、その意識によって照らされるでしょうか？　いったい何億年のちに？——人類は、この暗黒の、孤独な天体の、誕生より終末にいたる生涯の中で、この天体自身にとっての、唯一のチャンスだったのではありますまいか？　人類が失われたことによって、人類にとってのみならず、この大宇宙の大洋《やみわだ》にうかびただよう、一粒の塵のごとき天体にとっての、たった一つのチャンスは失われたのではありますまいか？……」

（『復活の日』より）

第2章 「SF界のブルドーザー」と呼ばれた頃

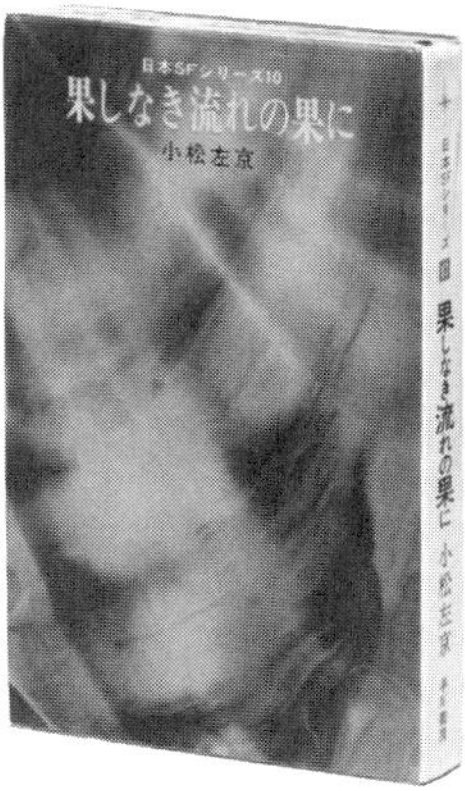

『果しなき流れの果に』（早川書房、1966年7月刊）

吉田健一氏の言葉が励みに

『SFマガジン』の常連のようになった一九六三年という年は、いわゆる中間小説誌など、ほかの媒体にも書き始めた年だった。『SFマガジン』以外で初めて掲載された商業誌は、毎日新聞社から出ていた『別冊サンデー毎日』。後にSF評論家の先駆けとなる石川喬司さんがこの雑誌の編集部にいて、六三年五月号でSF特集をやった。その時に注文が来たので、「釈迦の掌」という作品を書いた。石川さんは「易仙逃里記」以来、ずっと僕の作品に注目してくれていたらしい。

中間小説誌では文藝春秋の『オール讀物』が一番早い。これまた三浦浩に紹介されて、高松繁子さんという編集者と知り合った。「書いて」というので、「痩せがまんの系譜」を書いたのだが、どうも気に入ってくれない。なかなか結婚しないハイミスを主人公にしたところ、「私をモデルにしたんでしょ。失礼しちゃうわ」と怒ってしまった。しょうがないから「愚行の輪」を書いたらこれもダメで、三本目に書いた「紙か髪か」をようやく載せてくれた。四十枚の短編を一週間で三本も書かされた。「痩せがまんの系譜」は『SFマガジン』に、「愚行の輪」は『別冊宝石』に売れたから、結果的にはよかったけれども。
「紙か髪か」は、突然変異で生まれた細菌によって、世界中の紙が一晩のうちに食われてなくなってしまうという話。この作品が吉田健一さんの目にとまって、読売新聞の「大衆文学時評」で上下二回にわたって褒めてくれた。

これは画期的なことだった。というのも、吉田さんという人は、ともかくＳＦに対しては厳しいことで知られていたからだ。現に時評のこの回でも、「一つの作品が推理小説であるか、科学小説であるか、或はその他何か、さうした便利な名前が付けられるものであるかは作品の価値とは関係がなくて……」「科学小説といふ形式だけを取り上げて言ふならば、外国の小学生が熱中するものに日本の大人の読者が我を忘れる時代が来るといふのは、情ない話だなどといふのでなしに、そんな時代は来ないのに決つてゐる」という前置きがある。つまり「ＳＦは認めないが、小松の小説は面白い」という理屈なのだ。

それでも、こちらの狙いを的確に読み込んだ上で、「何と分類するかはともかく、見事な作品」「文句なしに楽しまされた」「将来が期待できる作家」と書いてくれたのは嬉しかった。当代きっての、しかもＳＦ嫌いで知られる批評家に認めてもらえたのは、作家としてやっていく自信になった。あれで仕事も来るようになったし、いろんな意味でずいぶん助けられた。今でもあの切り抜きは大切に残してある。

中間小説誌でいえば、最初のうちは『オール讀物』だけ。その次に声をかけてくれたのが講談社の『小説現代』で、「夢からの脱走」(一九六五年)が最初の作品だ。ただ、あの頃は梶山季之さんなどが中心で、編集部からは「色気を出してくれ」ということばかり言われてウンザリしていたから、作品数はあまり多くないはず。三番目に依頼があったのが新潮社の『小説新潮』『別冊小説新潮』。一九六六年の「宗国屋敷」から始まって、「廃墟の彼方」(一九六八年)、「青ひげと鬼」(一九七〇年)などをポツポツ書いて、結局は中間小説誌では一番多く掲載されていると思う。

新潮社には「世界文学全集」でお世話になったから、ある意味で畏怖感を持っていた。『オール讀物』より『小説新潮』がより文学的だと思ったから、それを意識して書いたし、『小説新潮』に初めて掲載された時は感慨深いものがあった。当時はもう星新一さんと親しくしている頃で、星さんは早くから『小説新潮』に書いていたから、僕が初登場したら、「おっ、やっと初潮が来たな」なんて言っていた。

新妻に書いた『日本アパッチ族』

初めての長編は光文社のカッパ・ノベルスから出た『日本アパッチ族』（一九六四年三月刊）だ。三高からの友人の兄貴がカッパ・ノベルスの伊賀弘三良さんと親しくて、それで紹介されたのが縁で光文社から書き下ろすことになった。でも実をいえば、この作品は光文社から頼まれて書き始めたというわけではない。伊賀さんと知り合う前に、すでに二百五十枚くらいは書いていた。

きっかけは、女房が嫁入り道具で持ってきたラジオが壊れてしまったことだった。前にも触れたように、結婚当時は本当にカネがなくて、西宮・甲東園の六畳一間のアパートに住んでいた。僕が遅く帰ると女房がポツンと寂しそうにしていて、それなのに唯一の娯楽だったラジオが壊れてしまったものだから、可哀想に思って、女房のために毎日ペラ（二百字詰原稿用紙）十五枚ずつ「お話」を書き始めた。それが『日本アパッチ族』だったわけだ。

大阪の砲兵工廠跡に鉄を食う人類・アパッチ族が現れて、やがて日本を滅亡させてしまう——という物語なのだが、これは当時、実際に出没していたクズ鉄泥棒の話がヒントになっている。今のＯＢＰ（大阪ビジネスパーク）ツインタワーがある砲兵工廠跡は戦後、クズ鉄の山になっていた。それが朝鮮戦争で鉄が値上がりしたものだから、浮浪者のような連中が持ち出しては仲買人に売るようになった。危険だし、一応国有財産だから鉄条網も張ってあるのだが、そんなものは無視して、半ば組織的にやるようになっていく。彼らは追い払われても次々に来襲するものだから、当時の警察は『アパッチ砦』にひっかけて「アパッチ族」と呼んだ。

ニュース漫才のネタ探しで新聞を読んでいた時に、この「アパッチ族」の見出しが飛び込んできた。なにしろ「アパッチを征伐」とか「アパッチ族の逆襲」とか、そんな見出しが躍っていたのだ。それで漫画的なイメージが湧いて、書き始めた。

ただ、この時はまだ『SFマガジン』は出ていないし、僕もSFという言葉は知らなかった。元々社《げんげんしゃ》の「最新科学小説全集」や早川書房の「ハヤカワ・ファンタジー」（後の「ハヤカワSFシリーズ」）を何冊か読んではいたが、自分が小説を書くということと、SFの方法論がうまく結びついていなかった。だから『日本アパッチ族』を書き始めた時も、「SFを書くぞ」と意識していたわけではない。

しいて言えば、学生時代に読んだカレル・チャペックの『山椒魚戦争』は頭にあった。直立二足歩行の知性あるサンショウウオが見つかって戦争になるというユーモアに満ちた小説。それよりももっと笑える破滅ものを書きたいと思った。大阪弁の漫才口調で、日本滅亡も大笑いしてしまうような小説ができないかと考えた。何よりも、女房に楽しんでもらわなければならない。結果的には毎日大笑いしていたみたいだから、一応その狙いは成功したようだ。近所の奥さんたちにまで話して、気味悪がられたみたいだが。

この小説の中には、当時の僕の置かれた状況がごちゃ混ぜに入っている。書き出しは主人公が「失業罪」になって社会から追放されるという設定にしてある。これは親父の工場が潰れて失業保険を貰いに行って、手続きがあまりに面倒で、「もう二度と来るか。失業がそんなにいけないことか！」と腹を立てた時に思いついた。失業そのものを犯罪にしてやれと。アパッチによる解放というのはプロレタリア革命のパロディで、主人公は革命の後に粛清されるというおまけつき。

あまりに酷い状況で、ついに鉄を食う新人類に進化するというのは、自分の飢餓体験が根っこにある。中学で焼け跡の片付けをやらされた時、友人が安物の土煉瓦を見て、「なんかパンみたいや。食って食えんことはないやろう」と言った。僕はその時、クズ鉄を見てウナギを連想し、「こんなにたくさんあるんだから、これが食えたらなあ」と思った。そういうあさましいイマジネーションがそのまま大きくなったわけだ。

それでも一応、アパッチ族の生物学的なメカニズムや鉄の代謝プロセスの理屈は考えた。うちは兄弟のうち三人が京大の冶金だから、過酸化鉄がどうの鉄分がどうのという知識は弟たちに聞いた。鉄を食う食鉄細菌の存在も弟たちから教えてもらって、それなら人間だって突然変異で食うことになってもおかしくないだろうと。その屁理屈だけで十枚も書いているわけだから、我ながらよくやる。鉄人間たちの生殖行為の解説には、弟たちも大笑いしていた。

ただ、こんな日本は化け物に食わしてしまえという僕の絶望感もわかって欲しい。あんな戦争をやって負けても、何一つ変わらない夜郎自大さ。左翼も分裂し、くその役にも立たない——こんな国は人間の国と思いたくないという痛烈な皮肉を込めていた。その意味では、『日本アパッチ族』は僕の実存主義作品と言えるかもしれない。あの時は書きながらカフカの『変身』も意識していた。日本人全部を別の生命体に変わらせることができ、物語として違和感なく表現できるところが、SFの凄いところでもある。

二百五十枚で中断していたのは、単にニュース漫才や生活のための雑文書きが忙しくなったからだ。光文社の伊賀さんに話したら「面白そうだから続きを書け」と言われて、最後まで完成させた。ところが書いてみたら八百枚になってしまった。伊坂芳太良さんのイラストを入れたいから、その分を削れと言われて、泣く泣く二百枚削った。主人公とアパッチの女の純愛部分をゴッソリ落とした。だからあの作品は、本当はアパッチの恋愛と濡れ場が入っていたんだ。そんなものがあっても、ちっとも立たないと言われればそのとおりなのだが。

当時はもうSFという言葉はあったが、出版界ではまだ「SFは売れない」という空気が根強くあった。でも結果としては七万五千部出て、それなりに売れたし、その印税で僕は借金を返すことができた。もっとも、光文社としては十万部を当て込んで全五段広告を打ったから、不満だったようだ。それで何か別のものを書けと言われて書き始めたのが『日本沈没』だ。あの本では光文社にもお釣りが来るくらい恩返しできたし、こちらも親父の借金まで全部返せたから、まあ、鉄を食う人間というとんでもない無茶な話を、無理矢理にでも書き上げてよかったということだろう。

福島正実氏と『復活の日』

ところが、『日本アパッチ族』が光文社から出たことで、僕の知らないところで思わぬ波紋が広がりつつあった。早川書房の福島正実さんが激怒しているという話が伝わってきたのだ。

福島さんの怒りは、ちょうどその頃早川書房で進めていた日本SFの書き下ろしシリーズと関係していた。僕もその第一弾の一人として、安部さんや星さん、光瀬龍さんらと一緒に名前が挙がっており、『復活の日』を書き下ろす約束をしていた。そんなチャンスをやっているのに、なぜ他社から長編を出すんだ、というわけだ。

福島さんからすれば、『SFマガジン』からデビューさせた新人で、目をかけてやっているのに裏切られた、という思いだったようだ。その気持ちはわからなくはないし、実際『SFマガジン』にも福島さんにも感謝している。だからこそ、書き下ろし長編を引き受けたし、僕は僕なりに『復活の日』には期するところがあった。

でも、そのことと『日本アパッチ族』の件は、まったく別の話だと僕は思っていた。そもそも長編の話は光文社の方が早かったし、すでに触れたような人間関係もあってそちらもないがしろにするわけにはいかない。何よりも、僕としては『日本アパッチ族』は福島さん好みではないだろうと思っていた。あの頃の『SFマガジン』のしゃれたハイカラなタッチとも全然違ったし、早川から書き下ろしSFと銘打って出すからには、こちらも本格的なものを書かなければいけない。『日本アパッチ族』は手遊びのようなもので、それを早川から出すのは僕も不本意だった。だからカッパ・ノベルスから出せれば、うまい配分だと思っていた。まさか福島さんが怒るとは思ってもみなかった。もちろん個人的にも次男が生まれたばかりで、アパートから借家に引っ越すカネが要るという事情もあった。早川からは印税の前借りはとても期待できなかったからだ。

本が出てしばらくしてから、福島さんが大阪にやってきた。会うのは億劫だったが、ことの経緯や僕の考えは説明したと思う。あまり直接文句を言われた記憶はない。ともかくこちらとしては『復活の日』をちゃんと書くことが一番だから、それは必ずやるからと言って一晩一緒に飲んだ。もちろん、その時期にはもう書き始めていたと思うが、この一件があってから、さらに執筆に力が入った。

『復活の日』の着想は、大阪のサンケイビルにあったアメリカ文化センターで、確か『ロンドン・タイムス』の「ロンドンでペストが発生」という記事を読んだのがきっかけだった。要はバイオか何かの研究所から漏れたらしいが、ペスト菌みたいなものをまだ保存してるのか、そんなに簡単に漏れるのかと思った。

当時はキューバ危機の後で、米ソのデタントが始まっていた。ＡＢＣ兵器のＡ(Atomic) はあまりに破壊力が大きすぎて、使うと双方共倒れになってしまうという共通認識はできつつあった。でも、B（Biological）については密かに研究は進んでいるのではないか。病原体をすぐには同定できない、普通では抑えられないウイルスが兵器として開発されて、それが漏れたらどうなるか——そんな想像をめぐらしたのがそもそもの始まりだった。

ほかにも、少し前にワクチンの効かないインフルエンザが流行したこととか、いろいろヒントになった。初代南極越冬隊長の西堀栄三郎さんを京大の縁でちょっと知っていて、西堀さんが岩波新書で書いた『南極越冬記』（一九五八年）も読んでいた。その後直接お目にかかって話を聞いたら、「小松君、南極に行くと寒いからカゼをひくと思うだろう。でもインフルエンザは治ってしまうんだぞ」と仰る。なぜかというと、インフルエンザが重篤症状になるのは雑菌が病状の悪化を促すからなのだが、南極には雑菌がないため重症化しないらしい。これはとても参考になった。

ウイルスの変異のさせ方に悩んでいたら、ちょうどその頃に講談社ブルーバックスが創刊（一九六三年九月）されて、その何回目かの配本で東昇さんの『ウイルス』という本が出た（一九六四年二月刊）。非常に面白い本で、ここまで分かっているのかと目を開かされたし、細菌とウイルスの違いもよくわかった。MM—八八菌とか、核酸だけのウイルス「リンスキイ核酸」というのは、この本などを読んで考え出したものだ。

『復活の日』を書いた時に意識したのは、カミュの『ペスト』だった。『ペスト』ではアルジェリアのオランという街が軍隊に包囲、隔離されて、その中でどんどん人が死んでいく。そしてその極限状況に置かれた人間がどう振る舞うかが描かれる。

僕が考えたのはこの反対、いわば「逆ペスト」だ。南極だけ残して、みんな滅びてしまう。それでもまだ残っていた人間の悪意が核ミサイルを発射させる。そして、世界が中性子爆弾で全部破壊されるのに、高速中性子がＭＭ―八八に突然変異を起こさせる。つまり、一番剣呑な絶滅兵器が逆に人類を救うという皮肉――。

自ら生み出した文明によって翻弄される人類。その認識を持つことからしか、理性やモラルの回復は始まらないという思いが僕にはあった。原子爆弾の作られ方、使われ方を見ても、科学は常に「悪魔の科学」になる危険性をはらむ。我々人類は、常にその縁に立っていることを自覚しなければならない。人類破滅テーマのＳＦは、それをエンターテインメントの形で見せることができる……。

結局、『復活の日』は予定どおりに完成することができ、書き下ろしＳＦシリーズの第一弾として一九六四年八月に刊行された。この作品の中には、世界中が滅亡していくさなか、ラジオの前で「文明史」の講義を続けるヘルシンキ大学のスミルノフ教授というのが出てくる。お察しのとおり、あれは作者の分身であり、延々三十枚分以上続く独白に込めた思いは、今も変わっていない。

日本SF作家クラブ誕生

どうにか福島さんとの約束は果たせたわけだが、今から思えば一九六三年から六四年にかけてはSFが世の中に定着していく時期で、SF界にとっては非常に大事な年だった。だからこそ福島さんも必死だったのだと思う。

福島さんが音頭をとって、日本SF作家クラブが結成されたのもこの頃だ。作家、翻訳家、評論家などSFに関わるプロが意見交換できる集まりを作ろうという趣旨で、六三年三月に新宿の台湾料理屋・山珍居で発起人会が開かれた。福島さんの回想録『未踏の時代』によれば、この時のメンバーは、石川喬司（評論家・サンデー毎日編集部）、川村哲郎（翻訳家）、斎藤守弘（科学評論家）、斉藤伯好《はくこう》（翻訳家）、半村良（作家）、福島正実（SFマガジン編集部）、星新一（作家）、森優（SFマガジン編集部）、光瀬龍（作家）、矢野徹《てつ》（翻訳家・作家）、それに僕を入れて十一人。光瀬さんとはこの時が初対面だった。

これに伊藤典夫（翻訳家）、大伴昌司（評論家）、筒井康隆（作家）、手塚治虫（漫画家）、豊田有恒（作家）、野田昌宏（翻訳家）、平井和正（作家）、眉村卓（作家）、真鍋博（イラストレーター）が加わった形で、ＳＦ作家クラブはスタートした。

福島さんの中には、ＳＦというジャンルを世間に認めてもらうために作家の団体が必要だとか、あるいは同人誌と対抗・区別するために、というような意図があったのかもしれない。実際、文壇やジャーナリズムの世界では、まだ「ＳＦは子供だましの読み物」という認識だったし、現に僕も大学時代の友人に「京大を出て漫画の原作を書くのか」と言われたこともある。

でも僕にとってのＳＦ作家クラブは、ＳＦを語り合ったり、バカ話のできる仲間に会える場であり、楽しくて仕方がなかった。特に星さんの存在は大きくて、世の中にこんなにおかしな人がいるのかと思ったくらいだ。六四年十月に東海道新幹線が開通するまで、大阪から東京に出てくるには夜行で十三時間かかった。それでもＳＦ作家クラブの集まりに顔を出したのは、星さんに会いたかったからだと言ってもいい。

有名なエピソードは東海村の日本原子力研究所に視察に行った時の話。係の人が出てきて、「何からお見せしましょうか」と言うと、星さんが「まず原子というものを見せ

日本原子力研究所にて。前列左から平井和正・森優・福島正実・豊田有恒、後列左から矢野徹・石川喬司・小松・大伴昌司・星新一

てください。この目で見ないと信用できない」。みんなで大受けして、そのうち原子は海で採れるのか山で採れるのかと大真面目に議論し始めた。しまいには星さんが「所長の原子《はらこ》力《つとむ》さんに会わせてくれ」なんて言う始末。あの頃のSF作家クラブの集まりはこんなのばっかりだった。

星さんは普段から同じような調子だった。進化の話の最中に人類はいつ立ったのかという話になったら、「人類は朝立った」。じゃあ女はどうなるんだ。夜中の二時くらいに電話をかけてきて、「いやあ、セックスのやり方忘れちゃった。教えてください」なんてこともあった。こちらは大笑いした挙げ句、調子が狂って原稿どころじゃなくなる。尼崎に住んでいた時には、葉書に「尻崎」と書いてくる。「『尻』じゃなくて『尼』ですよ。中が九じゃなくて七」と言うと、「多い方がいいじゃないか」。で、次に来た葉書を見ると「屁崎」になっている。「忘れないように二つ書いた」って。

ＳＦ作家クラブが果たして福島さんの狙いどおりだったかわからないけれども、星さんの不思議な存在感が、初期のＳＦ界の雰囲気を作っていったような気がする。

この時期、福島さんは文壇やジャーナリズムに対して、ＳＦを認めさせようとよく議論を挑んでいた。評論家の荒正人氏と論争したのもこの頃だ。もっとも、書き手の僕たちは作品を書くので精一杯だった。というよりも僕の場合は、ＳＦの巨大な可能性に気が付いて、書きたくて書きたくてたまらない時期だった。

『ＳＦマガジン』六三年十一月号に、僕は「拝啓イワン・エフレーモフ様――『社会主義的ＳＦ論』に対する反論」というＳＦ論を書いている。これはソ連のＳＦ作家エフレーモフへの書簡の形を借りながら、この時点での僕のＳＦ観を書いたものだが、その中にこんなくだりがある。

なぜなら――ＳＦは、文学として、ほとんどあらゆるものを表現の対象にし得るからです。ＳＦのあまりにも過多な多様性は、しばしば評論家を混乱させました。あなたが〝純粋なSF〟を区別したいと考えられたのも、そのためだと思います。あなたも指摘しておられたように、SFの中にはどぎつい通俗読物から、前時代的な怪物から、宗教的主題から、推理小説的な内容から、〝文学的にすぐれたもの〟までもりこめるのです。私自身、この「何でもカンでもSFにしてしまえる」このSFという文学形式に、当初は呆然としたものです。SFの形をとれば、いわばあらゆる文学をパロディ化することができる。従来の文学形式で表現できた主題は、ことごとくSFで表現し得る。

しかし、この関係は可逆的ではない　――この点に関する分析はあまりに長くなるのではしょることにして、次の点だけ指摘しておきましょう。SFの視点にたてば、あらゆる形式の文学を、――神話、伝承、古典、通俗すべてのものを、相互に等価なものと見なすことができる。このことはやがて〈文学の文学性〉を、実体概念でなく、機能概念として見る見方に導く。

この頃は、SFの可能性に身震いしながら、とにかく書きまくっていた。

「エリアを行く」と京大人脈

連載の仕事が始まったのも、六三、六四年のこと。小説とルポの両方の連載がいきなり舞い込んだ。

小説の連載は、実業之日本社の『週刊漫画サンデー』。ここに六四年四月から半年ばかり『エスパイ』という作品を連載した。僕は『アトム』の頃、『実業之日本』にちょくちょくコラムを書いていたので、もともと縁があった。あの会社は大阪に支社があったから、僕の方からコンタクトしたのだと思う。そしたらありがたいことに、最初の仕事から連載ということになってしまった。

当時はもう一つ連載枠があって、僕の時は一緒に連載されていたのが山田風太郎さんの『伊賀忍法帖』だった。風太郎さんはすでに忍法帖で押しも押されもせぬ人気作家。しかも強烈なエロが入っている。だから、風太郎さんに負けないようなエロを書いてくれという注文が付いて、一所懸命に書いた。あの頃すでに００７が流行っていて、それをＳＦにすればエロチックなものが書けそうだったから、「エスパー」と「スパイ」を組み合わせて『エスパイ』という話にした。編集長からは、「君の原稿では立たない」と言われてしまったけれども。

一方のルポの話は大阪朝日放送のPR誌『放送朝日』。三高の先輩が編集長を務めていた関係で、僕にお鉢が回ってきた。ここで六三年九月から六六年まで足かけ四年にわたって、SFルポと称して「エリアを行く」という読み物を連載した。

瀬戸内海から九州、そして伊勢、紀伊、出雲とたどった一種の歴史ルポなのだが、なぜこんな連載が企画されたかというと、ちょうどその頃、民放ネットワークというものが出てきたから。それまで各都道府県の民放は独立していたが、東京が地方局を系列局として整理する流れが強くなってきた。大阪もこのままでは系列化されてしまう。独立でやっていくためには、サービスエリアを西に広げていくしかない——。そういう発想で西日本という「エリア」の歴史文化を訪ねる旅が始まることになったわけだ。

その先輩編集長のリクエストで、まずは宮崎県の高千穂に飛び、そこから「神武東征」のコースに沿って瀬戸内海をたどるところから始まった。こちらは「ルポ」なんてやったことがないし、そもそも「SFルポ」というのが語義矛盾で、何が何だかわからない。だからスタイルについては最初にずいぶん議論したけれども、実際に現地を取材した成果はそのまま使いながら、道中や登場人物の設定で遊ぶという方法に落ち着いていった。僕にとっては西日本をあちこち取材できてとても勉強になったし、どうせSF

作家が書くものだからということを言い訳にしながら、ずいぶん好き勝手なことを書かせてもらって、面白い経験ができた。

この連載は後に講談社から『地図の思想』『探検の思想』というタイトルで刊行され、『妄想ニッポン紀行』としてまとめられて講談社文庫に入った（姉妹本の『（続）妄想ニッポン紀行』は『日本タイムトラベル』と『日本イメージ紀行』を収録したもの）。この仕事は一種のフィールドワークとして僕の日本論の基礎になっていると思うし、『歴史と文明の旅』や『黄河――中国文明の旅』『ボルガ大紀行』に繋がるルポの原点だとも言える。

しかし、それより何より僕にとって大きかったのは、人的繋がりの部分だ。実は、京大人文研人脈、「万国博を考える会」や「未来学研究会」のコアメンバーとの出会いは、いずれもこの「エリアを行く」がきっかけになっている。正確に言えば、『放送朝日』という場が、僕にとっては知的サロンであり、そうした人々との出会いを与えてくれたのだ。

今にして思えば、当時の『放送朝日』は実にユニークな雑誌で、関西の新しい文化研究の発信基地であったと言えるかもしれない。編集長たる我が先輩は、異色の名プロデューサーだった。関西の一民間放送のささやかなＰＲ誌に過ぎないが、実にたくさんの果実を生み出している。

例えば、一九六三年一月号の梅棹忠夫さんによる論文「情報産業論」。今でこそ「情報社会」や「情報産業」といった言葉は一般的に使われるが、この言葉を最初に使ったのは、梅棹さんのこの論文が初めてだった。それ以降、この雑誌は「情報産業論の展開のために」という連続特集を十回以上続け、実に様々な人々が参加した。

当時の『放送朝日』は、二つの潮流を汲んでいた。一つがその梅棹さんの「情報産業・社会論」の流れ。もう一つは、桑原武夫さんを所長とする京大人文科学研究所で行われていた「比較文化研究」の流れだ。

京大人文研の比較文化研究の正確な歴史は僕も知らないが、桑原先生ご自身が比較文化研究を体現されているような方だった。御尊父隲蔵《じつぞう》先生は東洋史に初めて西洋近代史の科学的方法論を持ち込まれた方であり、桑原先生ご自身も専門はフランス文学でありながら、中国文学の吉川幸次郎先生と交友が深い。また桑原先生は京大山岳部OBで、霊長類研究で有名な人類学者・今西錦司先生とも親しかった。学際的という意味では筋金入りであり、それが桑原所長時代の人文研の「体質」のようなものになっていた。

梅棹さんはもともとは動物生態学の人だが、一九五六年に岩波新書のベストセラー

『モゴール族探検記』で民族学分野の気鋭として颯爽と登場し、翌五七年、「文明の生態史観序説」で比較文明研究にも大きなフレームを提出していたくらいだから、当然ながら比較文化研究も関心領域だった。つまりはこの両方の潮流が交わるところにいたのが梅棹さんだったわけだ。

僕はこの『放送朝日』に出入りするうちに、先輩から梅棹さんを紹介された。もう一人、一橋大学出身ながら京大人文研のエースだった社会学の加藤秀俊さんとも知り合う。ＳＦを書く立場として、自己流ながら文化人類学や生物学を独学で勉強し始めた頃だったから、僕はこのお二人から様々な啓発を受けた。古今東西にわたって、生物の進化の問題から社会風俗に及ぶ「雑談」を交わす面白さに夢中になり、しまいにはそれが一種の道楽のようになったほどだ。またお二人を通じて、京大人文研や京大霊長類学の「文化」に接することができたし、いろいろな方と知り合うことができた。『復活の日』を書く前に西堀栄三郎さんにお目にかかれたのもそのご縁だ。

いわば学生時代に劣等生だった人間が、卒業してから「京大の学問」の面白さを再認識し、交流が深まっていった格好だ。十数年後に加藤さんとの共著で出した連続鼎談集『学問の世界――碩学に聞く』（講談社現代新書、一九七八年）の上巻でも、桑原、西堀、今西各先生方にご登場いただいている。僕は『放送朝日』によって、もう一度大学に入れてもらったようなもの。その恩恵はまことに計り知れない。

当時の京大人文研の比較文化研究は、日本論や日本人論にも影響を与えつつあった。それまでの欧米一辺倒の近代主義でもなく、ナショナリズムに基づく伝統主義でもない。比較文化の立場から日本文化を再評価しようとする試みは、いわば「第三の日本論」であり、斬新なものだった。

京大人文研や『放送朝日』を貫いている、こうした比較文化論的な「考え方の流れ」に、僕自身もいつしかすっかり入り込んでいた。僕が考えていたSFの方法論と、比較文化の手法は親和性があったということかもしれない。『日本文化の死角』（講談社現代新書、一九七七年）など僕の一連の日本論のベースには、この頃に培われた物の見方、考え方があるし、当時すでに構想を練り始めていた『日本沈没』にも影響を与えていると思う。

ともかくこの頃の僕は、SFの面白さの虜になる一方で、こうした新しい文化研究の面白さにも胸を躍らせていた。そんな僕の前にたまたま現れたのが「万博」だった。

「万国博を考える会」発足

一九六四年七月のある日の午後、京都祇園花見小路の旅館に、『放送朝日』グループの面々が集まった。梅棹、加藤、小松、そして『放送朝日』編集長。これが後に万博と関わる発端となったわけだが、この時点ではまさかあれほど深く、しかも実際に作る側にコミットすることになろうとは夢にも思っていなかった。

そもそものきっかけは、その年の春、新聞の片隅に載った「東京オリンピックの次は、大阪で国際博？」という見出しの小さなベタ記事だった。まだオリンピックも開催されておらず、成功するかどうかもわかっていない段階だから、当然ながら大阪で本当に開かれるかどうかもわからない。単なる与太記事かもしれない。

でも僕はその記事を見た時に瞬間的に面白そうだと思った。『放送朝日』に出入りしているメンバーに、「万国博の研究をやりませんか」と持ちかけた。これが四月か五月くらいだったと思う。それから話が進み、『放送朝日』編集長の仕切りで七月のこの準備会合に至る。結局、その日集まった四人のほか川喜田二郎、多田道太郎、鎌倉昇の各氏にも発起人として加わってもらって、「万国博を考える会」が発足することになった。

その頃、新聞などはまだ「国際博」という言葉を使っていたが、こちらはあえて「万国博」にした。「万国博」は何か明治的で古めかしいのではないかという意見も出たが、「国際」という単語には近代主義的、特に「戦後近代主義」的なニュアンスがつきまとっている、という梅棹さんの意見にみんな賛成した。

なぜ万国博などに興味を持ったかといえば、個人的にはオリンピックに対する消化不良があった。東京オリンピックに向けて、日本社会は急速に変わりつつあった。東京都の再開発はもちろん、東海道新幹線、高速道路網、宇宙中継通信設備、NHK代々木放送センターなどの設備が急ピッチで作られていった。僕は「エリアを行く」の取材で、それを目の当たりにしていた。ただのアマチュアスポーツの祭典が、こんな挙国的なお祭り騒ぎになるのは、本来は異常事態のはず。ところが、当時の論壇や知識人は極めて冷淡で無関心。大衆が興味を持つような通俗的な事象を分析研究するのは沽券に関わるとでも思っているのか、日本社会のインフラが変わってしまうような大投資が行われているにもかかわらず、まともな論文がほとんど見られない。

僕の記憶では、印象的なのはそれこそ『放送朝日』の一九六四年三月号に載った「政治的シンボルとしてのオリンピック」という論考（神島二郎、京極純一、萩原延寿三氏の討論をまとめたもの）くらいだった。この論考は、日本政府が高度成長下、社会資本不足を一気にカバーするため、オリンピックという国際行事を強引な社会公共投資の錦の御旗として使うというシンボル操作を行ったのだとしたもの。当時としては異彩を放っていたが、こういった「そもそもオリンピックとは日本社会にとってどんな意味を持つのか」という問題意識に答えてくれるものが、ほとんどなかった。

僕がオリンピックに関心を持ったのもちょっと遅すぎた。しかも東京が中心だったから隔靴掻痒の感はあった。だから「大阪で国際博」の記事を見た時には、これなら研究対象として間に合うと思ったわけだ。よく言えば純粋な好奇心、悪く言えば単なる野次馬根性で、日本社会の中でこのイベントが作られ、利用されていく過程をじっくり眺めようと思った。その上で、日本で今このようなイベントが行われる意味を考えたいと。

ともかくこうして、民間有志の自発的な研究団体として「万国博を考える会」がスタートした。まずは、世界史における万国博の歴史と役割という本質論、戦後の博覧会のケーススタディ、日本における各界の反応の社会学的考察――という三つの筋立てで研究してみようという方針を確認し、それぞれが動き始めた。

手始めにちょっと歴史を調べてみると、日本人がいかに博覧会好きかということがわかった。平賀源内が催した物産会に集まった野次馬たち。幕府と薩摩藩、佐賀藩が出品した幕末のパリ博。明治に入ってからも、内国勧業博以来、全国で博覧会が開かれ、ランカイ屋という職業まで生まれた。幻と終わったが、一九四〇（昭和十五）年には「東京万国博」を開催する計画もあったらしい……。

しばらくすると、加藤さんが近代万国博の歴史と変遷についてレポートしてくれた。十九世紀には産業技術、物産、商品の国際的情報交換の場であったが、それは次第に随所で開かれる見本市に受け継がれるようになった。戦後最初の一九五八年のブリュッセル博は「科学文明とヒューマニズム――より人間的生活へのバランスシート」をテーマに掲げた格調高いものであり、二十世紀後半の万国博は、「ますます大衆化する世界」の中で「世界の大衆」に向けて問題提起を行う場に変わっていくのではないか――。

つまり、万国博はそれを通じて世界の大衆にアピールする「理念」の方が重視されるようになっており、それを踏まえることによってのみ、開催する「意義」がある。となれば、万国博が成功するかどうかは、「理念」の表現如何にかかっているのではないか。それが我々がたどり着いた、とりあえずの結論だった。当初のメンバーの間では、六四年のうちにはすでにほぼこの結論に達していたように思う。

ただし現実には、今回の万国博の発案者であり、監督官庁である通産省は、旧来型の貿易振興の発想で、日本の産業・技術の一大デモンストレーションの場としてしか考えていない様子がうかがえた。そこに我々が自分たちの研究成果と意見を公にすれば、何らかの形で現実の動きに巻き込まれかねないという危惧があった。

本当はこの時点で我々の見解を発表し、会を解散してしまえばよかったのかもしれない。けれども、当初のメンバー以外にも各方面に参加を呼びかけていた手前、そうはいかなかった。ひとまずはオーガナイザーである『放送朝日』編集長に下駄を預けて放っておいたのだが、しばらくして我々の危惧は見事に当たってしまうことになる……。

米朝師匠とラジオ出演

ルポをやったり万国博を研究したりと六四年は忙しい年だったが、それだけでは終わらなかった。この年の十月から、ラジオ大阪で桂米朝師匠と一緒に「題名のない番組」という番組をやることになってしまったのだ。

米朝さんは戦後、上方落語が風前の灯火となる中で、期待の新星として現れて、いわば中興の祖となった人。この頃はちょうど上り坂の頃だった。僕はニュース漫才の台本書きでラジオ大阪に出入りしていた時に、米朝さんと知り合った。たまたまサンケイホールで落語をやると言うので聞きにいったら、それが米朝さんの「地獄八景亡者戯《じごくばっけいもうじゃのたわむれ》」で、これに感動した。僕は親父の影響で子供の頃から落語は好きだったのだが、実は上方落語は落語じゃないと思っていたところがある。それが米朝さんの落語を聞いて覆された。そのままラジオ大阪の人に紹介してもらって、楽屋へ挨拶に行った。

ＳＦを書き始めてからもラジオ大阪では構成の仕事を単発でやっていた。その時に、米朝さんとも何度かご一緒した。それで米朝さんの番組に飛び入りで出ているうちに、「題名のない番組」でレギュラー出演することになってしまった。

この番組は、いわば東京オリンピック（十月十日〜二十四日）のおかげで始まったようなもの。九月まではオリンピック前売り便乗企画のようなものが目白押しだったのだが、番組改編期にパタッとなくなってしまった。なにしろ十月はオリンピック中継がメインになるわけだから。それで、オマケみたいな形でなんとなく始まった。

水曜日午後十一時から三十分の生放送。最初は構成も何もなくて、内容も決まっていなかった。番組名もしばらくは募集していたほどで、結局いいのが来なかったから、「題名のない番組」（通称「題なし」）という仮題のまま。当時の深夜放送はクラシックの音楽番組が多かったから、それを壊そうという意識だけはあった。そのうち次第にリス

「題名のない番組」公開録音。左から中島美智子・桂米朝・小松

ナーの投稿を中心に作るという形が定着して、それから人気番組になっていった。

米朝さんと僕と局アナの菊地美智子（旧姓・中島）さんとの三人が、大阪弁で掛け合うというスタイルだったが、僕は両親が関東の人間だから、いわば大阪弁と標準語のバイリンガル。よそで真面目な話をする時は標準語になってしまう。すると「この間はNHKで標準語で喋っとったぞ、裏切り者！」と手紙が来る。

一度ひどい遅刻をしたことがあって、その時の反響もすごかった。夜の十一時の番組だから、飲んでから駆けつけるということもたまにあった。ところがその日は、北新地で飲んでいて番組を忘れてしまい、そのままタクシーで帰ろうとしていた。そしたらタクシーのラジオから、米朝さんの声が聞こえてくる。「あの煙ブタ、まだ番組に来よらん。どこ行ってるねん」。慌ててその車で駆けつけて、終了間際に飛び込んで、「出演は桂米朝、菊地美智子……小松左京でした」と何とか間に合った。翌日から、「あれでギャラもらったんか」という手紙がどっと来た。反省して遅刻せずにやっていたら、「小松左京は最近遅刻せんからおもろない。もっと真面目にやれ」なんていうのが来る。細かいところをよく聞かれていたし、マニアックなファンが多かった。

投稿もハチャメチャSFに通じるようなパロディの傑作や川柳が続々と来る。その水準は非常に高かった。徒然草や方丈記などの古典のパロディもあれば、共産党宣言や五輪書をもじったものもあった。「国破れて山河在り　城春にして草木深し」という杜甫の「春望」のパロディで、「貧乏」というのもあった。「障子破れて桟があり　蜘蛛の巣はってシケモクふかし」という調子で、あれは傑作だった。

投稿者はどうやら関西の進学校の高校生たちが多かったようで、番組が終わってだいぶ経ってから大蔵省に行った時、あるキャリアが「僕は『題なし』に二回採用されました」と嬉しそうに言う。するとその一年先輩が「俺は三回採用された」と威張ってる。

ラジオ大阪は中波だったが、深夜になると電離層が降りてくるから、短波みたいに遠くまで届く。能登半島とか新潟などの北陸、九州や北海道からも投稿がよく来ていた。

「題なし」は四年続いて、その後も京都放送で米朝さんの番組によく乱入していたから、結局米朝さんとのラジオ放談は十五年くらい続いただろうか。今でも「『題なし』は面白かったですね」と言われることがけっこうあるし、ＳＦ作家でも堀晃君やかんべむさし君などは学生時代に聞いてくれていたらしい。

僕にとっては、ダンテやドストエフスキーなどの外国文学と同じように、落語や喜劇映画から得たものも大きい。シリアスな議論と笑い——ＳＦはその両方をやれるから居心地がよかったのだと思う。人類とその文明の意味を考える一方で、そんな深刻さを笑い飛ばす。今から思えば単にオッチョコチョイなだけという気もするが、万博の研究と「題なし」を同時にやっていたのも、いかにも僕らしいのではないか。

十億年に挑んだ『果しなき流れの果に』

一方、本業の方も六五年から新連載が二つ始まり、ますます忙しくなっていった。

一つは『週刊現代』で一月からスタートした『明日泥棒』。これは「ありおり侍《はべ》り」

なんてメチャクチャな日本語を喋るゴエモンという宇宙人が突如現れて、日本の政治を動かし、世界中の爆発物や兵器、しまいには石油まで使えなくしてしまうという話。ドタバタSFともいえるし、現代文明の問題点を徹底的に笑った文明批評という言い方もできる。当時は文明批評という言葉が流行っていたけれども、人間が本当に自分たちの文明を批評できるのか。地球の外からの視点でベトナム戦争などを見たらどうなるか、それを書いてみようと思った。

百五十センチそこそこの短軀で、ひどいヤブニラミ。モーニングの上着と小倉《こくら》の袴、頭には古風な山高帽。下駄履きで背中にはコウモリ傘を背負っている——ゴエモンをそんな奇妙な出で立ちにしたのは、あの頃テレビでクレージーキャッツとかトニー谷とか、怪しげなキャラクターがたくさん登場していたから。テレビに出したら受けるんじゃないかと考えた。編集者はもう好きにしてくれという感じだったが。

「アホラシヤの鐘がチンコン」とか「直列二亀頭」とか、くだらないギャグが多いのは、漫才やラジオトークのノリだ。僕としては、『日本アパッチ族』のタッチを継ぐために書いたという面もある。半年くらい連載して年末に単行本になったが、『アサヒグラフ』がゴエモンを気に入ってくれて、翌六六年にはそこで『ゴエモンのニッポン日記』

というＳＦルポ風の長編を連載することになる。

六五年に始まったもう一つの連載が、『ＳＦマガジン』二月号からスタートした『果しなき流れの果に』だ。ありがたいことに、今でもＳＦファンの人気投票をすると必ず上位に来る、僕の代表作の一つと言っていい作品だ。

二月号は十二月末の発売だから、書き始めたのは六四年の秋。『復活の日』を出した直後から、福島さんに「次は未来小説ものを連載で」と頼まれていた。当時はまだアーサー・Ｃ・クラーク、アイザック・アシモフ、ロバート・Ａ・ハインラインの三巨頭が元気で、バリバリ作品を書いていた時期。福島さんからは、彼らを超えるようなハードＳＦの長編、しかも読者にちゃんと読まれるものを書いてくれ、と言われた。ハードＳＦで読者に読まれるものというのは難しい注文だなと思った記憶がある。

僕としては『復活の日』を書いたばかりだったし、『日本沈没』の原型みたいなものは書き出していたから、破滅ものや近未来ものではなく、宇宙や時間をテーマにした壮大なイメージの作品を書きたいという思いがあった。「スペース・オデッセイ」というか、宇宙規模の壮大なロマンを書きたいと。

それと、その頃の僕には、文学の仕事は四畳半的ないわゆる〝純文学〟ではなくて、技術や文明から生命、知性、宇宙そのものを描くことだという思いが強烈にあった。「拝啓イワン・エフレーモフ様」でも書いたように、SFという文学形式であれば何でもできるから、生命や宇宙についても小説の中で描くことができる。SFこそが文学である、と思っていた。そういう僕が考えていた文学のイメージを、この作品で表現してみたいという気持ちもあった。

実際に構想を練る段階でモチーフになったのは、ギリシャ神話にあるオデッセイの帰還。戦争が終わってから二十年が経って、この間シベリア抑留や南方から帰ってきた軍人たちを見ていた。中には記憶喪失になって帰ってくる人もいた。そういう「戦士の帰還」と「浦島伝説」がダブった。いなくなった人がいつか帰ってくる。その間に昔のことを知っている人はいなくなっている。そんな物語を書いてみたかった。

一方で、当時の大阪近郊では考古学の発掘が進んでいて、新しい発見が相次いでいたし、日本にも旧石器時代があったということがわかって考古学の年代がぐんと上がりつつあった。また五七年にスプートニクが飛んで、ケネディは「一九七〇年までに月へ行く」と大見得を切っていた。つまり、考古学と宇宙開発の新しい波によって、時間と空間が広がりつつあった。それを取り込みたいと思っているうちに、どんどんイマジネーションが膨らんでいった。和泉山脈の古代遺跡から砂時計が見つかるとか、ジュラ紀のティラノザウルス・レックスがステゴザウルスを襲っている時に、その陰で電話のベルが鳴る——といった冒頭のシーンは、ずいぶん早くからイメージが固まっていた。

突然の失踪と突然の帰還。その間に現実世界では五十年の歳月が過ぎるが、主人公は十億年の時空を翔けめぐっていた——物語の骨格は割と早くに出来上がり、ラストシーンも考えてあった。書き始める前に最初の舞台になる葛城山に登り、そこから見える海を見たり、奈良や和歌山の山にも登った。個々の人間は死に絶えてゆく。社会も変わってゆく。しかし宇宙も時間も変わらずにそこにある。そんなことを考えながら構想を膨らませて、書き始めた。

前半はまあうまくいったのだが、後半の未来世界に入ってからが相当に苦労した。作品がどんどん変化して行って、単行本のあとがきでも書いたように、自家中毒を起こしてしまった。今までで一番苦労した連載かもしれない。最初は六回くらいのつもりで始めたのに、なかなか終わらずに十回になってしまった。福島さんも「あとどのくらいですか」と聞いてきたから、話が広がり過ぎて心配になったのだと思う。

最終回の百十枚のうち最後の七十枚を書き上げたのは、六五年日本ＳＦ大会（六二年以来、毎年一回開かれているSFファンによるコンベンション）の前日の夜、東京のホテルの一室でだった。前夜祭の二次会から流れてきた星さん、矢野さん、平井さん、筒井さん、豊田さんたちと気分転換がてら落ち合って、星さんが「果しなき流れの果に一休み」なんて冗談を言う中で飲みながら書き続け、最後はホテルに帰って夜が明ける頃に最後の一行を書き上げた。頭が朦朧として、そのままベッドに倒れ込んだのを憶えている。

この作品では、ありったけの小道具や伏線を使った。「マリー・セレスト号事件」や一九六三年秋に水戸街道で起こった自動車消失事件。当時はわけのわからない謎の事件を一所懸命にスクラップしていたから、材料はたくさんあった。歴史上の素材でも「役《えん》の行者」「果心居士《かしんこじ》」、それからヒロインの佐世子は松浦佐用姫《まつらさよひめ》伝説からとったもの。松浦という主人公の名前もそうだし、ルキッフはルシファー（悪魔）からひねり出した。歴史SF、宇宙SF、未来SF、伝奇SF、時間SF、異世界SFなどいろいろな要素を詰め込んである。日本沈没後の日本民族もすでにこの作品の中に書いている。

幸い連載中から読者の評判もよくて、あの頃SFマガジンにあった「人気カウンター」という読者投票でも、『果しなき流れの果に』はずっとトップだった。僕としても一定の達成感はあったが、一方でいろいろなものを積み残したという気持ちも強い。だから、あとがきで「この作品は、次の作品へのエスキースと考えていただいてもけっこうです。おそらくこの次には、私はもっと客観的な『小説宇宙史』といったものを書こうとこころみるでしょう。……時間の幅も、この作品では約十億年でしたが、この次はもっと長く、おそらく二百億年以上になると思います」と書いた。最新の宇宙論や生命科学、それから人類の思想史をもっと勉強して、このテーマに再挑戦したいと思った。

でも、それから万博で忙しくなるわ、『日本沈没』を完成させなければならないわで、なかなか思うようにはいかなかった。作品の系譜としては「神への長い道」（一九六七年）、「結晶星団」（一九七二年）、「ゴルディアスの結び目」（一九七六年）、『虚無回廊』（一九八六年〜、未完）へとつながるわけだが、僕としてはこのテーマに関しては、ずっと「未完」という思いがある。

広大な宇宙の中でなぜこの地球に生命が生まれ、人類が生まれたのか。それは宇宙にとってどんな意味があるのか――つまるところ、この問題意識が、『果しなき流れの果に』以来の、僕の最大のテーマだった。しかし当たり前だがその問題は大きすぎて、そう簡単に答えが出せるものではない。あれこれ考えたり、面倒で放り出したりしているうちにこの歳になってしまった。

時速七枚の速書き

『果しなき流れの果に』では、ダッシュ、傍点、カギ括弧が多い僕の文体も特徴的だと言われた。デビューする前から、もともとその三つを使う癖はあったのだが、確かにこの作品では特に多くなっているから目立ったのだと思う。

もちろん僕としては、意識的に使っているわけではない。自分の頭の中でちょっと引っかかった時にはダッシュやカギ括弧を使うし、ここはちょっと強調したいという時は傍点を使っている。ダッシュは「間」をとる時に使うこともある。これは落語や芝居の「間」の感覚に近いかもしれない。

いつも頭の中にはイメージがあるのだけれど、それを文章にする時には、ついそのままでは解ってもらえないのではないかという気持ちが働いてしまう。そういう時に強調が多くなるのだと思う。だから風俗ものや芸道ものではあまり使っていないはず。やはり『果しなき流れの果に』では、イメージをなかなか言葉にできなくて苦労したのではないか。それにしても活字を組む印刷所は泣いただろう。

でも僕は締め切りで印刷所を泣かせたことはあまりないはずだ。最初から筆は速い方だった。ニュース漫才は一回分が四百字詰め七、八枚くらい。一度に二回分を録音するので、朝刊の早版をもらったら二時間ちょっとで二回分を書かなきゃいけない。それを毎回やっていたから、かなりのスピードだった。三枚複写が取れるように、カーボン紙を挟んでボールペンで力を入れて書いた。おかげで書痙になってしまったが。

学生時代から、とにかく書くのは速かった。卒業して下宿を引き払う時に、書きかけの原稿が七千枚くらいあった。帳簿の裏やら、タバコの空き箱に書いた小説まであった。それを全部燃やそうとしたら、同人誌仲間が「もったいない。廃品回収に売ったら一貫目いくらになるぞ」。それでそいつの言うとおりにして、二人で焼酎を飲んだ。実はそれが「原稿がカネになった」最初の経験。後で廃品回収のアルバイトをした時に、その自分の原稿が出てきて驚いた。

ちなみに、初めて原稿で賞金をもらったのもその頃の話。朝日放送が「ミステリー・ゾーン」の先駆けのような原稿を募集していたから、それに応募したら佳作に入った。その時も五千円もらったと思う。まだ結婚前だったから、自分のオーバーを買って、兄貴にカツ丼をおごったような記憶がある。

酒を飲みながらでも、麻雀の二抜けの時でも、会議の司会をやっている時でも、締め切りがあれば原稿を書いた。一番すごかったのは、岩波書店の『世界』から一度だけ原稿を頼まれた時。内容はもう忘れてしまったが、忙しくてギリギリで書いていたら電話がかかってきて、もう下版しますからとにかく航空便で送ってください、と言う。まだ六〇年代の中頃で深夜便があったから、女房がタクシーを呼んできて、一緒に乗り込んで書き続けたのだが、まだ完成しない。待合室でずっと書いても終わらない。そしたら女房が切符を買ってきて、「飛行機の中で書いて」と送り出してくれた。機中でようやく書き終えて、羽田で航空便を待っていた岩波の編集者に渡したら、「原稿と一緒に、筆者が飛んできたのは初めてです」と言われた。単行本の場合は締め切りに融通がきくけれども、定期刊行物はそうはいかない。自分の都合で迷惑はかけられない。

デビュー以来、あれこれ力任せに書きまくったからか、SF界では「ブルドーザー」というあだ名を付けられた。これは石川喬司さんが言い出しっぺだったのではないかと思う。彼は日本SF界の草創期のメンバーをよくこんな具合に評していた。

「漫画星雲の手塚治虫星系の近くにSF惑星が発見され、星新一宇宙船船長が偵察、矢野徹教官が柴野拓美教官とともに入植者を養成、光瀬龍パイロットが着陸、福島正実技師が測量して青写真を作成、いち早く小松左京ブルドーザーが整地して、そこに眉村卓貨物列車が資材を運び、石川喬司新聞発刊、半村良酒場開店、筒井康隆スポーツカーが走り、豊田有恒デパートが進出、平井和正教会が誕生、野田昌宏航空開業……」

筒井さんはスポーツカーなのに、僕はブルドーザーだものな。石川さんは「コンピュータ付きブルドーザーですよ」と言ってくれたけれども、まあ当時は僕もかなり太っていたから仕方がないか。

Mini Library

「――だが、人間の〝認識する能力〟というものは、大変なものだな、ホアン。人間の認識能力は、人間の現実的状態の幸不幸に関係なく、とてつもなく、深遠で巨大なことを認識できる。しかし、その到達し得た認識は、その時の人間の状態を、ちっとも変えやしない。かろうじて、現実自体のルールで動いている人間的現実に、一刻休戦を勧告し、その闘争の苛酷さを、いくぶんとも緩和させるように、はたらきかけるだけだ。それも、有効範囲は、人間の相互関係の中でうみ出される人間的現実にかぎられていて、人間の、存在状態の方には、指一本ふれられやしないのだ」

「だがその認識によって、人類全体は理想状態に、一歩一歩、ちかづいていくのじゃないのかね？」

「そして、ついに、状態は認識に追いつけない」野々村は、乾いた声でいった。「理想状態って、何だ！　ホアン！　幸不幸は、全然別の問題だ。それは実際にその時生きている具体的な、個々の人間の問題だ。飽食していて不幸なやつもいれば、飢えて、幸福な奴もいる。みずから求めて苦痛を追い、その中で恍惚を味わうやつもいる。先史時代から、宇宙時代までの間に、何千億というあわれな連中が、けだものみたいに死んでいったが、そいつらは、後世の連中が考えるほど、不幸じゃなかったかも知れない。けだものには、けだものの充実した生活——飢餓と敵との闘争の日々があるからな。〝種〟としての人間は、まさに特殊化した哺乳類、二足獣にすぎない。——だが、こいつは、ただ生きるための知恵と工夫をおこなうけだものとは、すこしちがうものをもっている。そいつは……」

「ものを知る力、か……」ホアンは、こめかみをもんだ。「宇宙のひろさを、テコの原理を、そして、人間が頭でっかちのケダモノであることを認識する能力か——ちくしょう！　やくたいもない……」

「そのやくたいもないものに、賭けるんだ、ホアン……」野々村は低く、つよい声でいった。「それ以外に、賭けるものはない。それ以外に方法はない。……」

（『果しなき流れの果に』より）

第3章

万博から『日本沈没』へ

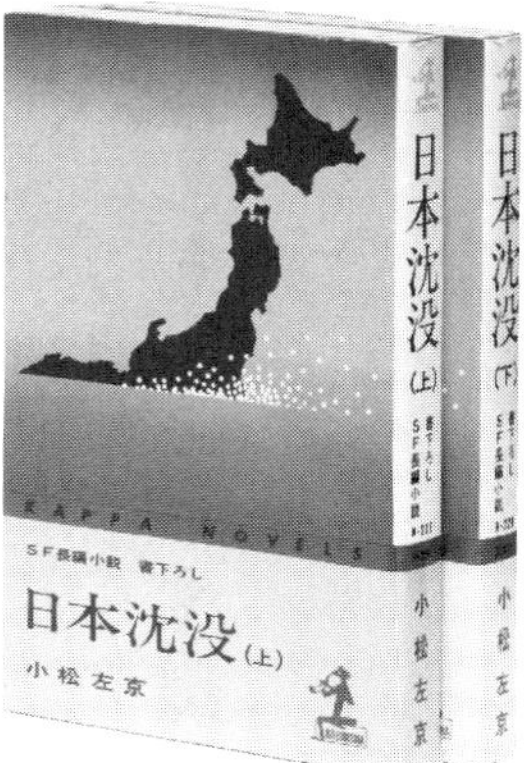

『日本沈没(上・下)』(光文社、1973年3月刊)

大阪万博に巻き込まれる

六四年の暮れの段階でひとまずの結論に達し、開店休業状態だった「万国博を考える会」に新しい動きがあったのは、六五年の春になってからだった。その後の経緯は、万博が終わってから『文藝春秋』に寄稿した「ニッポン・70年代前夜」(一九九四年刊『巨大プロジェクト動く——私の〔万博・花博顛末記〕』に所収)に詳しく書いたが、要は「自発的な研究会」として発足したものが、「非公式のブレーン」として利用され、しまいには僕も表舞台に引っ張り出されてしまったのだ。

初めは非公式な接触からだった。当時大阪府の職員として万国博の準備にタッチしていた人物が、密かに梅棹邸を訪ねて、万国博のやり方についてどう考えたらいいか、知恵を貸して欲しいと申し入れた。彼は以前から梅棹さんに私淑していて、いろいろ助言をもらっていた。実は僕とも三高、京大で同期で、大学卒業以来十二年ぶりで顔を合わせた時は、お互い妙なことになったものだと苦笑しあったものだ。

四月には大阪府の国際博準備事務局が発足し、考える会のメンバーは彼の斡旋で大阪府、大阪市、商工会議所の各担当者と非公式の会合を持つ。五月には「七〇年日本開催」が本決まりになったが、まだこの時点でも、僕たちは「裏で知恵を貸すだけ」と考えていた。何やら政治も絡み始めていたので、厄介ごとに巻き込まれるのは嫌だったからだ。梅棹さんは、「婚約はしないが交際はする」という名言を吐いた。

そうこうするうちに政府にも国際博準備委員会ができ、その事務局も接触を求めてきた。そこで、我々は「万博かくあるべし」と考えているわけではなくて、純粋に知的興味から研究するうちに、「こうすれば意義のあるものにできる」という可能性が見えてきたので、そのことについてお教えすることはやぶさかではない——というこちらの基本的な姿勢を説明した。この時の事務局長はたいへん熱心な方で、我々の研究成果を真摯に聞いてくれたし、こちらも何度もレクチャーした。

ところが、こうした接触を通産省サイドが快く思っていなかった。「学者が理屈をこねているだけ」「理念道楽には困ったものだ」という声も聞こえてきた。そこで『放送朝日』編集長の「ここらでベールを脱ぐべき」との助言もあり、ともかく「万国博を考える会」に賛同してくれた人を一堂に集めて、会の存在と性格をオープンにしようということになった。確かに、当初のメンバーだけが濃密に研究を重ね、気がつけば非公式ブレーンとして深く関わり始めている状況は、なんとかする必要があった。

そんなわけで、九月十五日、岡本太郎、萩原延寿、星新一、真鍋博氏らを含む総勢三十五名による「万国博を考える会」の第一回総会が、大阪科学技術センターで開かれた。僕が司会役でパネルディスカッションも行い、各メンバーがそれぞれの専門的立場から万国博を「考え」続けようと合意して、最初で最後の総会が終わった。この後、僕と加藤秀俊さんで記者会見をやらざるを得なくなったのだが、どうも記者諸君はこの「考える会」が通産省や設立準備が進んでいた（財）日本万国博覧会協会に対する批判勢力であるという図式を描きたがっていた。ということは、通産省サイドがそういう見立てで情報を流していることを意味していた。

一方で、十一月の博覧会国際事務局（BIE）の理事会にテーマと基本理念を提出しなければならないという事態が持ち上がっていた。その頃すでに、元東大総長の茅誠司氏を委員長に、桑原先生を副委員長にしたテーマ作成委員会は発足していたが、いかんせん時間がない。そこで桑原先生から梅棹さん、加藤さん、僕の三人に内々に協力要請があり、桑原先生との関係上、理念作りに協力することになった。この時点でも我々は公式には政府と何の関係もなく、むしろ疎まれていたはずなのだが、非公式には我々の研究成果とアイデアが使われたわけだ。実際、それまでの一年半の活動がなければ、こんな短時間で形にするのは無理だっただろう。

行きがかり上、我々三人は桑原先生のブレーンのような感じになり、京都で毎日のように会合を持った。僕は開催中のニューヨーク博（ＢＩＥ非公認）を調べるために、ニューヨークへ一泊旅行に行く羽目にもなった。特派員から万博関係者を紹介してもらって、話を聞いたのだが、僕にとってはこれが初めての海外旅行だった。ハワイ経由で四発プロペラ機の旅だったが、まさか初の海外旅行が「アメション（アメリカで小便）」になろうとは……。最後は桑原先生が草案を書く役目を引き受けたため、僕らも「これも浮き世の義理」とぼやきながら、連日泊まり込みで作業を続けた。加藤さんなどは、一度英語で草案を書いて、ニュアンスのチェックをしたほどだ。

万博の準備が佳境の頃

こうして、「開け行く無限の未来に眼をはせつつ……」で始まる基本理念の草案が出来上がり、テーマ委員会でほぼ無修正で採択された。この文章をもとにして「人類の進歩と調和」というテーマも生まれ、正式に採択された。

これで解放されるかと思いきや、今度はそのテーマをどう展示に結びつけるかという、サブテーマへの展開が必要となり、梅棹さんと僕がテーマ専門調査委員会（通称サブテーマ委員会）の正式委員に名を連ねることになってしまった。同委員会の発足が翌六六年三月のこと。総勢十五名で、東京工大の永井道雄氏や東大の中根千枝氏らの学者のほかに、経企庁経済研究所長だった林雄二郎氏、建築評論家の川添登氏、物書きでは私のほかに開高健氏も参加した。この頃は大阪出身で歳も同じということで開高氏を健坊と呼ぶほど親しくなっていたが、彼は最初の会議に参加して大音声で吹きまくると、あとは全部欠席という見事な遁走ぶりだった。

それから五月の解散まで作業に忙殺されたが、この間は役人組織とのやりとりで、正直ヘトヘトになった。おまけに僕は週刊誌に「万博成金」と書かれる始末で、まったく損な役回りだった。この時期は原稿も書けなかったほどだ。

これでもうお役ご免だろうと思っていたが、翌六七年になって岡本太郎さんがテーマ展示プロデューサーの役を引き受ける。岡本さんはもともと桑原先生と昵懇だし、僕も

「考える会」を通じて親しくなっていた。間もなく、梅棹さんから「岡本さんを手伝ってやってくれ」と電話がかかってきた。桑原先生から頼まれたが、梅棹さんと加藤さんは国家公務員だから動けない。小松さん、やってくれないか、と言う。僕はかなり躊躇した上で、「岡本さんが僕を個人的に雇うという形であれば」という条件で引き受けた。役人と折衝するのはもうこりごりだったからだ。こうして僕は、岡本さんが請け負った「テーマ展示プロジェクト」の、制作チームのサブプロデューサーということになり、テーマ館の地下展示「過去＝根源の世界」を担当することになった。

僕にとっては、それから万博開催までの日々は、いわば「考える会の後始末」にすぎない。後始末にしては満身創痍になるほど働いたが、あれだけの国家的イベントの建設作業に関わることができたのは、貴重な経験だったと思っている。官僚組織や国家機構を内部から見た経験は、結果的には『日本沈没』執筆の際にも活かされている。

未来学と『未来の思想』

六六年五月にサブテーマ委員会が解散し、いったん万博から解放された時、僕は梅棹さんや加藤さんと一緒に総勢二十名くらいのツアーを組んで、建設中のモントリオール博を見にいった。一応、我々の「研究」の総仕上げという名目だったが、カナダ、アメリカ、メキシコと、違うタイプの三カ国を回るのがもう一つの目的だった。ちなみにメキシコシティではメキシコ国立人類学博物館を見学したが、それに感動して「日本にもこういうのを作らなければ」と梅棹さんと話したのが、後に万博跡地にできた国立民族学博物館のアイデアのもとになっている。

道中、僕は梅棹さんと「文化」と「文明」について話し続けた。人類の過去の遺産、文化と文明の多様性、科学が明らかにしつつある自然と人間の関係、科学技術が急速に変えつつある社会と世界——万国博というものを考えていく過程でそういったものを総合的に考える必要に迫られたからだが、その頃にはもう万国博云々というのを超えて、我々の興味の対象になりつつあった。何かそういうテーマについて継続的に考える「場」を作れないだろうか、ということも話題になった。

帰国後、『週刊朝日』の対談で梅棹さんに会った時、僕は「未来学はどうですか」と提案した。未来をきちんと考えるためには、過去現在にわたって、あらゆることを調べてそれを「総合」しなければならない。要は全てのことが研究対象になる。なるほどそれなら、残りの一生を全部つぶすくらい考えることはある、と二人で笑った。

この対談は気楽な感じのものだったのだが、「未来学」というこれまでにない言葉が新鮮だったのか、サブテーマ委員会で知り合った林雄二郎、川添登両氏からすぐに反応があり、「ぜひやろう」ということになった。そこで、梅棹、加藤、僕という関西三人衆と、林、川添両氏とで「未来学研究会」という勉強会を発足させた。今度は万博と違ってのんびり研究できるだろうと思っていたのだが、なぜか翌六七年前半に未来学・未来論のブームが来て、また振り回されることになる。確かに火付け役の一端は担ったかもしれないが、「味噌の未来」とか「株式の未来」といった原稿にまで付き合わされるのには正直に言って辟易した。

一方、ジャーナリズムや知識人の中には、そういう僕の動きを目障りだと感じる人々がいたようだ。六七年八月二十五日付『朝日新聞』に、「日本のSF」と題する匿名コラムが載った。「SFはなぜ、こうもつまらないものが多いのか。つまらないのに、なぜ、批判されないのか。それとも、とりあげるにたりないのか。それにしても、SF作家が、未来学とやらに登場し、したり顔で発言するとなると、ひとことといった方がよいと思う」――こんな書き出しで始まるこのコラムは、全面これ無知と曲解と悪意に満ちたもので、何より、明らかに僕個人を揶揄したいがための文章であるにもかかわらず、それを日本SF、いやSFそのものの問題であるかのようにすり替える、その卑劣さに腹が立った。

　頭に血が上った僕は、さっそく同紙に反論を書き、さらに『SFマガジン』誌上で、「〝日本のSF〟をめぐって――ミスターXへの公開状」と題する六十枚を超える大反論を書いた。その匿名子はどうやら荒正人氏だったようだ。

　ともあれ、この当時、僕の頭は「未来学」でいっぱいだった。この年の十一月に出した短編集『神への長い道』のあとがきにも、それがはっきり表れている。

「こういうふうにならべてみると、ここ一年来、自分が次第に『未来』というものにのめりこんで行きつつあることが、自分にもはっきりしてくるような気がします」

「現在が未来へとはやいスピードで流れこみはじめているこの状況こそ、まことに現代的、すなわち二十世紀後半的なのではないでしょうか？――『未来』は、かつてのように、閉ざされた時代の限界の彼方に存在するものではなく、この時代にあっては、現在のあらゆるところから水のように滲み出て、日毎にわれわれの周辺を埋め、気がついた時にはすっかりあたりの風景をかえてしまうものです。この変化は、まことにとてつもないものです」

同じ十一月、僕は中公新書から『未来の思想』という書き下ろしの評論を刊行している。この本は、人間はまだ「輪廻史観」「終末史観」「進化史観」の三つしか発明していないのではないか――という『宇宙塵』の柴野さんの言葉をヒントに、「未来観の起源」をさかのぼり、さらに「未来観の未来」まで考えてみようとしたものだ。

『果しなき流れの果に』のあとがきで、僕は「古代から現代にいたるまで、東洋や新大陸の古代文明にいたるまで、あらゆる思想を偏見ぬきでチェックするだけでも、大変な時間がかかってしまいそうです」と書いたが、まずはその第一歩のつもりでもあった。

以前からマルクス主義の中に終末論的な影響を感じていたのだが、本書ではその起源としてゾロアスター教から論じている。ゾロアスター教、ユダヤ教、キリスト教、イスラム教、そしてマルクス主義に至る終末史観の流れである。またゾロアスター教の「聖戦」の思想は、一方ではイスラム教に受け継がれ、一方ではキリスト教社会から「近代国家」の包装紙に包まれて、近代日本に受け継がれている。「未来という思想」の伝播をたどることで、僕は世界史の思想の系譜を追ってみようと考えた。

しかし一方で、この本を単なる文化論にするつもりもなかった。いったいなぜヒトという生き物は、「自然の中で生きて行くのに最低限必要な能力」以上の過剰な脳を持ってしまったのか。僕は「未来観」を論じるにあたって、そこから説き起こした。

人間の「意識」と人間の「生物的生命」にはズレがある。危険回避のための未来予測能力は最低限必要だが、生の延長上に未来を予測すれば必ず「個体の死」にぶつかってしまう。自らの「個体の死」を予測できるのは人間だけだ。だから不可避的に、「人はなぜ生まれ、死ぬのか」という問いかけが生じる。人間の生物としての意識の構造が「未来と死」を考えさせ、宗教と思想を生み出す――そんな問題意識に立って、ともかくヒトの生物学的特性と様々な宗教の誕生のところから「未来観」を徹底的に洗い直そうと思った。そしてできれば、物質、宇宙、生命、意識を貫いて流れる法則のようなものに近づきたいと。僕にとっては、それまで「未来」について考えてきた思索のひとまずの中間報告であり、自分なりの見取り図を描く試みだった。

最後の方ではフッサールの「純粋意識」と「時間性」の問題や、それを受けたハイデッガーやサルトルの思索を引き合いに出しながら、「人間はなぜ未来を考えるのか」という根源的な問いに対する仮説も示唆している。

「ひょっとすると、この方向で『未来』へとむかう意識の性質=構造自体の中に、『倫理』の源泉をもとめることができるかも知れない。つまり、人間性の内面において、

『未来』というものと倫理とが深くかかわりあっている地点が見出されるかも知れないのである」

アマチュアの怖い物知らずかもしれないが、僕としては「未来という思想」の意味を探ろうと必死で格闘した結果であり、渾身の一冊だった。決して生半可な気持ちで未来学を提唱していたわけではない。

もちろん未来についての思索はＳＦを書き始めた頃から続けていたし、特に『果しなき流れの果に』には『未来の思想』の原型がある。この時に仏教を研究し、クラークの「上主《オーバーロード》」に対抗して「存在の階梯」という仕掛けを考え出した。これは、仏教の「六道輪廻」とそれを超越する「空」の概念から発想したものだ。『未来の思想』では、仏教の未来観、時間観についてさらに掘り下げたつもりだ。

この本では、ゾロアスター教から仏教まで、各々の宗教について予断抜きで自由に考察しているが、それは僕の家が神道だったことと無関係ではないかもしれない。基本が八百万《やおよろず》の神だから、宗教については相対化する視点が最初からあった。

今だから明かせば、この本は中公新書から急に頼まれて一気に書き上げたものだ。あえて名前は秘すが、僕も親しくしている京大の先輩の学者が、別のテーマで熱海の旅館に缶詰にされたのに、酒ばかり飲んでいて書かなかったらしい。それで「小松さん、後輩なんだから責任とってくださいね」と、お鉢が回ってきたのだ。まあ僕にとっては、この時期に『未来の思想』という作品を書くチャンスをもらえたのは幸運だった。

この本を書きながら、僕は自分がSFを書く動機を整理していたような気がする。文学も哲学も科学もいっしょに扱えるSFを、やはりずっとやっていこうという決心がついた。ノンフィクションも書くが、フィクションはSFでいくと。しかしそれにしても、三十六歳の若さでよくこれを書いたと思う。無謀というか、いい度胸だった。

SF青春小説『継ぐのは誰か？』

『果しなき流れの果に』から『未来の思想』を経て万博に至る時期は、自分でも脂がのっていた時期だったと思う。六八年にも、『継ぐのは誰か？』『見知らぬ明日』という全く違う傾向の二つの長編を連載している。

『継ぐのは誰か？』はひとことで言えば人類進化ものだが、アメリカの大学キャンパスを舞台にしたミステリ仕立てのSF青春小説という評価もされていて、僕の作品の中では今でも人気のある作品だ。

この作品を思いついたのは、数少ないながらもアメリカでの経験からだ。一つは六五年に万博調査でニューヨークにとんぼ返りで行った時。短時間だったが、コロンビア大学とエール大学の共同チームと話をした。宇宙技術の研究チームにちゃんと生物の専門家が入って、地球圏外からの生物的汚染対策を講じている。その学際的なチームワークと雰囲気のよさに感心した。

もう一つは、加藤秀俊さんから頼まれてハワイ大学のイーストウエストセンターに行った時の体験。文化人類学の学生を集めるから、何か面白いテーマでセミナーをやって欲しいと言われて、その頃『座頭市』がアメリカでもアジアでもヒットしていたから、「ハンディキャップド・ヒーローズ」というテーマにした。ところが、途中から国務省の官僚が出てきて、「君たちは母国の民主化・近代化と、それについてのアメリカの協力を語らねばならない」と文句を付けてきた。話にならないのでみんなでボイコットしたのだが、その時の学生たちが実に気持ちのいい青年たちだった。アメリカ本土の出身者はほとんどいなくて、インドネシア、マレーシア、それからポリネシア、メラネシア、台湾、香港、オーストラリアといった地域の学生ばかり。それを見て近未来の大学のサバティカル・クラス（休暇を利用した短期研究組織）のイメージが湧いた。自分でも、若い頃にこんな大学があったらなあという思いで書いた。

『継ぐのは誰か?』には、『未来の思想』の思索も活かされている。ヒトは直立二足歩行になって、その結果として大脳が発達し、前頭葉が前にきて運動言語中枢とくっついた。それによって言語が発生した。同様にまた別の環境変化によって、より高等な新人類の出現を進化論的に考えてもいいのではないか。デバイスの技術革新が進めば、脳の構造とともに知性そのものも変化するのではないか——『未来の思想』では「機械系の中の有用寄生物のようなものとして、機械系とともに未来へ行く」というビジョンも提示したが、『継ぐのは誰か?』で具体的に描いた「進化」の形は、その実践編といえるかもしれない。

作中で賢者《セージ》が「人類みずからが、自己の滅亡を前提とした上で、本当に、宇宙史に対して自己を肯定し得るような立場が」とつぶやくシーンがあるが、僕はどうもダーウィニズムそのものは疑っているところがある。生命の定義は自己複製と適者生存、つまりは弱肉強食というわけだが、生態系や種のバランスを考えれば、生命の条件の中には本当は「他者との共存」があるのではないかという気がする。

だから人類は新人類とも共存していかなければならない。それなのに、ひょっとすると自分では意識せずに自らの未来を摘むという、非常に絶望的なことをしているのではないか――この作品でもそれを示唆しているわけだが、それだけではあまりにアンハッピーエンドなので、書いている途中であのエンディングを思いついた。

よく言われるように、登場人物たちの若さやキャンパスライフそのものが人類社会の見立てでもある。ラストで書いたとおり、まさに「人間というものは、行為において、いつも慎重さを欠いているものなのだ」。僕の中でも、知性を極めてゆく人類に期待する部分と、やっぱりしょうもない存在なのではないかという思いが絡み合う。でも、そのしょうもなさを含めて、自分たち人類の「若さ」に期待したい。この作品にはそんな気持ちを込めた。また、人類にとって科学とは何かについても考えてみたつもりだ。

一方、『見知らぬ明日』は六八年に『週刊文春』に連載し、六九年に単行本になったもの。あの頃は冷戦のさなかで、東西に分かれてお互い情報を出さない。そういう中に宇宙人が侵略してきたら……という設定で、国際政治や中国問題を扱ってみた作品だ。言ってみればウェルズの『宇宙戦争』のバリエーションだが、同じテーマでも自分ならもっとうまく書けると思ったし、別に宇宙人のことが書きたいわけではなくて、そこは疫病でも何でもいい。要は文革時代の中国奥地で何かが起こった、というのがミソ。その後の国際政治のシミュレーションを書きたかった。

結局、米ソ連合が成立し、中国政府は最初それに参加しないのだが、軍の若手がクーデターを起こして合流する。これを書く時は僕も度胸が要った。なにしろ当時は、日本中に親中派がゴロゴロしていたから、何か文句を言ってくる可能性が高かった。ようやく食えるようになって、子供も幼稚園や小学校に入った頃だったから、それなりに覚悟を決めて書いた。

でも実を言えば、この作品はまだ全体の三分の一でしかない。週刊誌の連載だったから、読者が付いてきてくれるテンポで書いて、富士山の山頂に宇宙人の基地ができて、さあいよいよ水爆で攻撃という直前で終わったのだが、本当はそこから宇宙人と人類との戦いを書いたら三倍くらいの分量が必要になってくる。連載だとどうしても誌面の都合があるから、そういうわけにはいかない。

それにやっぱり富士山に水爆を撃ち込むなんて、日本人として僕も耐えられなかった。ちょうどいいから、そこでもう終わらせることにした。日本を沈めた奴が何を言うか、と言われそうだけど……。そういえば『日本沈没』も第一部で途切れたし、どうも僕の場合、終わらせていない作品が少なくない。

国際ＳＦシンポジウム

一九七〇年三月十四日、いよいよ大阪万博、正式名称・日本万国博覧会（ＥＸＰＯ'70）が始まった。僕にとっては「後始末」ではあったけれども、三月十三日深夜、最終確認にテーマ館の館内を回った時には、やはり感慨深いものがあった。これでようやく終わった、お役ご免だと、ほっとした。

なにしろ僕も万博にばかり関わっているわけにはいかなかった。六八年に未来学研究会が発展して日本未来学会が設立され、四月には京都にできたばかりの国際会議場で国際未来学会が開かれることになっていた。これは加藤さんのオーガナイズであり、僕もオープニングの映像ショーなどを手伝う約束で、すでに準備に入っていた。

そして国際未来学会が無事に終わったのも束の間、今度は八月に予定されていた国際ＳＦシンポジウムが資金不足でピンチだというので、また走り回ることになる。

もともとこれは、イギリスのＳＦ作家ブライアン・オールディスが発案者。彼が日本のあるＳＦファンとペンパルで、そこから『宇宙塵』の柴野さんに話が行き、ＳＦ作家クラブも協力することになった。ところが、おカネは集まらないし、コーディネートも

1970年8月29日、ホテルニュージャパンでのレセプション。左から、クラーク、オールディス、ベレジノイ、小松、ポール、一人おいて安部公房

進まない。結局、僕が実行委員長とコーディネーターを引き受けることになり、各出版社に頭を下げて回って、おカネも集めた。

外国の作家で来てくれたのは、イギリスからオールディスとアーサー・C・クラーク。アメリカからフレデリック・ポール、カナダからジュディス・メリル。アイザック・アシモフにも声をかけたのだが、アシモフは飛行機にも船にも乗れないということで断られた。ソ連からはストルガツキー兄弟が来られなくて、よく知らない作家が四人（ワシリイ・ベレジノイ、エレメイ・パルノフ、ユーリー・カガリッキー、ヴァシリイ・ザハルチェンコ）、直前になって来ることになった。

八月三十一日から九月三日までの四日間、東京、名古屋、大津とシンポジウム会場を移しながら、無事に終えることができた。この時にわかったのは、SF作家はアメリカだろうがソ連だろうが、みんな冗談好きで同じような雰囲気を持っているということ。万博の会場を案内したり、トヨタなどにも視察に連れていったのだが、クラークもオールディスも星さんみたいに冗談ばかり言っていた。

こういう国際的なシンポジウムを日本でやれたのはとてもよかったと思う。というより、当時はおそらく日本以外ではできなかったのではないか。ソ連やポーランドなどの共産圏のSFがふんだんに紹介されていたのは日本だけ。それは袋一平さんや深見弾さんたち翻訳家の活躍があったからだが、西側ではスタニスワフ・レムですら、まったく知られていなかった。レムがアメリカに紹介されたのもこのシンポジウムの後だった。

こうして万博の年もまた奔走させられていたのだが、この年、もっと衝撃的な出来事があった。

万博が始まってしばらくした頃、立石電機（現オムロン）の立石一真さんから呼ばれて行ってみたら、小さなガラスケースを見せられた。中には脱脂綿が敷いてあって、よく見るとキラリと光るものが置いてある。「小松さん、SF作家なら知っているでしょう。

この五ミリ角のシリコンチップにトランジスタが六十個分入るんです。これでコンピュータも変わりますよ」。これが初めて「ICチップ」を見た瞬間だった。

万博は当時の技術を惜しみなく注ぎ込んでいたから、もちろん最新のコンピュータが使われていた。太陽の塔にも、館内の音響、照明、映像をコントロールするために、一台二億円もするコンピュータが五台入っていた。しかし当時のコンピュータは、まだトランジスタ式のものだった。それがこのICチップに替われば、コンピュータはどんどん小さく、しかも高性能になっていくだろう。画期的な技術だと思った。

実際、万博が終わった頃から電卓が急に安くなっていった。まだ一桁一万円と高かったが、十三万円で十二桁のものを買った。日本の作家で電卓を買ったのは、僕が一番早かったのではないだろうか。単純な四則演算しかできなかったが、『日本沈没』であれこれ計算を始めていた頃だったから大いに助かった。あの電卓がなかったら、とても完成しなかったと思う。

この時買った電卓は重量が三キロ半。ところが『日本沈没』を出した頃には、ポケット電卓が五千円くらいで投げ売りされている。オレの苦労は何だったんだと、バカバカしくなった。おまけに、さんざん仕事に使ったのに、税務署は必要経費にも認めてくれないのだから、もう踏んだり蹴ったりだった。

『歴史と文明の旅』という大仕事

一九七〇年の暮れから正月にかけて、僕は星さんと二人でオランダに旅行した。例によって冗談ばかりの楽しい旅だったのだが、オランダそのものにもいたく興味を引かれたため、帰ってから少し調べて、『文藝春秋』十月号に「オランダ式弱気のすすめ」と題する旅行記を書いた。ところが幸か不幸か、この原稿を当時の文藝春秋社長だった池島信平さんが面白がり、池島さんから名指しの形で連載の依頼が来てしまった。しかもその条件というのが『文藝春秋』に毎月一カ国ずつルポを書いてくれというものだった。

この話には正直言って仰天した。こちらも小説を書く約束をあちこちにしている。毎月ルポを書くとなると、取材だけで相当な時間を取られてしまう。しかも打診があったのが九月で、七二年の一月から一年間連載してくれというのだ。とてもこなしきれる自信はなかった。

でも一方で、断るには惜しい、魅力的な提案でもあった。滞在期間は短いかもしれないが、いくつもの国を自分の目で見ることができる。記事を書くためには強制的に勉強しなければならないが、そんな機会はめったにあるものではない。しかも取材費は出版社が出してくれる。

これまた幸か不幸か、連載の打診があったその三日後から、僕はソ連経由でヨーロッパ、カナダに旅行する予定になっていた。これも連載の取材に当てれば何とかなるのではないか。そう考えて、この企画を引き受けることにした。こうして『歴史と文明の旅』の一年間にわたる連載がスタートすることになった。僕は七二年十月までの間、一カ月に二カ国を回り、帰ってきて一カ月で二回分を書くというハード・スケジュールをこなした。

この仕事そのものは楽しみだったし、僕の中では『日本沈没』の第二部に使えるかもしれないという計算もあった。でも困ったのは、同行の編集者が付かず、取材から何から一人でやらされたことだ。メキシコ、ブラジル、チリ、バチカン、オーストリア……最初の方は全部一人だった。それを梅棹さんに話したら、「そりゃあんまりだ」と言ってくれて、それから後は誰かが来るようになった。ところが、付いてきたのは「海外旅行は初めてです」という編集者。結局、僕が通訳までやらなければならなくなった。

今までの仕事の中で肉体的には一番きつかったが、やはり実際にいろんなところに行けたのはいい経験になった。

最も印象に残っているのは、バチカンだ。取材は曽野綾子さんに紹介してもらって、日本語のできる神父さんに時間をとってもらった。会って話してみたら、なんと僕の『神への長い道』を読んでいる。これには驚いた。流暢な日本語で「あなたは、宇宙にはまだ神はいないけれども、進化の果てにこれから神が生まれると書いた。それは本当ですか」。じゃあ、あなたたちは何を拝んでいるんですかと思わず言いそうになった。

『日本沈没』で書きたかったこと

『歴史と文明の旅』の連載を続けながら、一方では『日本沈没』の仕上げにもそろそろ取りかかっていた。

すでに触れてきたように、『日本沈没』を書き始めたのは一九六四年。カッパ・ノベルスで『日本アパッチ族』を出した後からだ。もともとその時点で、地球物理学の世界で提唱され始めた「海洋底拡大説」を、『サイエンティフィック・アメリカン』か『ナショナル・ジオグラフィック』で読んで、これでウェゲナーの大陸移動説が復活するのかと興味を持っていた。それが一九六二年のこと。そして、『日本アパッチ族』を出した翌月に、ＮＨＫブックスから竹内均さん、上田誠也さんの『地球の科学——大陸は移動する』が出る。これは面白くなってきたぞと、地球物理学の勉強を始めながら、構想を練り始めた。

ただ、それはきっかけであって、動機ではない。なぜ『日本沈没』を書いたかと言われれば、やはり「一億玉砕」「本土決戦」への引っかかりがあったからだ。

ちょうど一九六三年に林房雄氏の「大東亜戦争肯定論」が出て、その種の論調が勢いを持ち始めていて、僕はどうもそれが気に入らなかった。僕だって、アメリカに対しては「原爆を落としやがって、くそったれ」と思うし、日本が戦争犯罪国だと言われる以上に、あんな負け方をしたことが悔しい。でも、あの戦争末期の「一億玉砕」「本土決戦」という空気は、どうしても肯定する気になれない。

政府も軍部も国民も、「一億玉砕」と言って、本当に日本国民がみんな死んでもいいと思っていたのか。日本という国がなくなってもいいと思っていたのか。だったら、一度やってみたらどうだ——そこから、日本がなくなるという設定ができないかと考え始めた。日本という国がなくなった時に、日本人はどう生き延びていくのか。ポーランドのように、歴史上、国がなくなったケースはいくらでもある。たまたま幸運にも日本はそういう経験をしてこなかったが、もしそうなったら日本人はどうするのか。

普通の小説ならできないが、「ヒストリカル・イフ」を使ったＳＦなら、そういう設定で書ける。国を消すことで、日本人とは何か、日本文化とは何か、そもそも民族とは何か、国家とは何かということを考えることができる。国を失った日本人たちに、小説の中でそれを考えさせることができる。そのためには、日本列島そのものを沈めてみたらどうか——そういう着想が浮かんだ。そこに地球物理学の新しい理論が、ちょうど登場したということだ。

だから、本来僕が書きたかったのは、日本が沈没した後の第二部。ところが、沈めるまでにあんなに紙幅を使ってしまった。僕も科学が好きだから、勉強を始めると徹底的にやってしまう。六七、六八年頃になると、プレート・テクトニクス理論が出てきて、「沈め方」にさらにリアリティを出せるようになった。

一方で、高度成長が始まって、新幹線が通るし高速道路も開通する。日本列島は様変わりしつつあった。僕は『放送朝日』の「エリアを行く」の取材で、それをあちこちで目の当たりにして、こんなに投資していいのか、日本列島はそんなに安心なのかと思っていた。日本ほど地震の多い国はないわけで、そういうリスクをどこまで考えているのだろうかと。

僕のおふくろが関東大震災の体験者であることはすでに書いたが、親父の実家も大震災では相当な被害を受けている。親父の実家は、今は千葉県館山市になっているが富崎村相浜というところで、そこの網元だった。僕は小学校の夏休みになると、お盆に東海道線と房総線に乗って、延々一日半ぐらいかけて行ったものだ。

ある時、この浜の古老から、関東大震災の時にこの辺が「根上がり」してダメになったと聞いた。網元というのは男漁師たちの「沖漁」に資金を出して、帰ってきたら漁獲を集荷・出荷する権利を持つ。もう一つ、自分の土地前の「磯漁」の権利があって、引き潮になると女子供や老人がアワビ、サザエ、ナマコなどを獲る。その磯が、かつて安政の大地震でバーンと上がった。それが「根上がり」だ。明治以降、少しずつ下がってきて浅いところでまた磯漁ができるようになっていた。ところが関東大震災でもう一度上がってしまった。

確かに浜の近くに断崖絶壁があって、それを見ると赤黄色い崖が跳ね上がってる。つまり、地震は家がつぶれたり火事があったりするだけではなくて、海辺で陸が上がったりもするのだということを実感した。後にマントル対流の沈降点ではね上がるという部分を読んだ時に、子どもの時のこの経験がまざまざとよみがえった。
僕が『日本沈没』を書いたり、地震や地球物理学に関心を持つのは、こうした少年期の体験とも無関係ではないように思う。

「もう刷らないでくれ！」

『日本沈没』を書き始めてから完成まで九年もかかってしまったのは、万博等でこちらの身辺が忙しかったのと、やはり地球物理学の最新研究の知識をトレースするのに時間がかかったからだ。九年間で担当者はもう三人目になっていた。光文社もよく見放さずに待っていてくれたと思う。

書きながら参考になった本としては、一つは吉田満さんの『戦艦大和ノ最期』。艦長以下がいかに毅然としていたか。乗組員たちがどのような気持ちで、どう振る舞ったか。沈没のクライマックスを書く上で、いろいろ刺激を受けた。

あとは、山本七平さんの『日本人とユダヤ人』（イザヤ・ベンダサン名義）。問題意識が近いので心強く思った。あの本は、日本人とユダヤ人を並べて比べてみることで、日本人を相対化して日本人とは何かを考えようとする試み。僕の場合は、それを小説でやろうとしたわけだから。山本さんの本を読んで、全体を引き締めることができた。

原稿が完成して光文社に渡したら、また長すぎると言われた。上下二巻になると下巻が売れないから、なんとか一冊にしてくれ、削ってくれという。さすがに今度は僕も「それならもう、ドブに捨てる」と言った。

もっとも、こちらのスタンスも少し変わったのかもしれない。米ソの宇宙開発競争があり、六九年にはアポロ十一号が月に着陸した。SFは宇宙だという時代になった。それだからこそ、僕は地球を題材にしたものを書かなければと思った。最初は一巻本の構想で、詳しく書いていくうちに二巻に膨らんだのかもしれない。それに、担当編集者にはタイトルのことで大いに感謝している。なにしろ、僕は最初、「日本滅亡」と付けていたのだが、編集者が「沈没」にしてくれたのだ。このタイトルでなかったら、売れ方も全く違っただろう。

『日本沈没』の刊行は一九七三年三月二十日。初版は上下三万ずつだった。三月二十四日には光文社が『朝日新聞』に全五段の広告を打ってくれた。どうやら最初から快調に売れていたようで、あっという間にベストセラーになり、七月には上下で二百万部を超えた。八月には担当編集者と第二部の取材のためにオーストラリア旅行に出かけたのだ

1973年12月に公開された映画『日本沈没』の製作発表記者会見

が、とにかくこちらが都市を移って次のホテルにチェックインするたびに、「それぞれ五万ずつ増刷」という知らせが来る。二十日あまりで一周を終える頃には二百五十万部に達しそうな勢いだった。

もちろんそれは嬉しかったけれども、僕は内心は困ったなあと思っていた。なにしろ当時の最高税率でいけば七五％も税金で持って行かれてしまう。それまでは数百万の年収で暮らしていたのに、そんな所得が発生したら税金が払えなくなる。だから途中で、「増刷を止めてくれ」と電話した。当然ながら「そんなわけにはいきません」という返事だったが。結局ずっと売れ続けて、年末に映画が公開されるとさらに売れ行きに拍車がかかり、最終的には上下で四百万部まで行ってしまった。

印税のおかげで、とうとう親父の借金まで全部返せた。当の親父は暢気なもので、「お前、何やらかしたんだ。何か悪いことしたように言われているぞ」と言っていた。「昔だったら高額納税者は貴族院議員だがな」と。

売れ行きもさることながら、反響も相当に大きかった。投書も来たし、家にもバンバン電話がかかってくる。右翼からも左翼からも文句を言ってきた。右翼は、「あれだけ大事なことを書いていて、天皇という言葉が一回しか出てこないのはどういうことだ」。左翼は、「自衛隊を英雄視していてけしからん」。左翼系の方がしつこかった。

大蔵、外務、通産の官僚たちがずいぶん読んでいた。政治家では福田赳夫氏が早くから読んでくれていたらしい。当時首相だった田中角栄氏も、ホテル・ニューオータニですれ違ったら、「あ、小松君か」と向こうから声をかけてきた。「君とはいっぺんゆっくり話したい。今度時間を作ってくれ」と。そんなことを言っているうちに、田中首相は翌年、金脈問題で失脚してしまったが。とにかく政治家がけっこう読んでいて、全ての政党の機関紙からインタビューや党首対談の依頼が来た。

『日本沈没』はあっという間に、一種の社会現象のようになった。映画化、テレビ化、ラジオ化、劇画化され、東宝が作った映画には、僕も一瞬だけ出演している。竹内均さんは普段の様子そのまま、閣議で説明する研究者役で登場していた。

また、『日本沈没』は七四年の日本推理作家協会賞も受賞し、日本SF大会のファン投票で選ばれる星雲賞の日本長編部門賞も受賞した。ちなみに、日本短編部門賞は筒井康隆さんの「日本以外全部沈没」。筒井さんは後に紫綬褒章をもらうわけだけど、それはこの時、日本以外を沈めたからじゃないかという説がある。やっぱり勲章は愛国者でないともらえないらしい。

第二部の構想

『日本沈没』の中で当時触れられなかったのは、朝鮮半島と中国のことだった。日本列島が沈むほどの天変地異が起こるのであれば、本当は近隣諸国にも何らかの影響はあるはず。済州島くらいは一緒に沈むかもしれない。でも当時の政治状況では、ややこしくてちょっと書けなかった。

実はラストの部分も、第二部をどうするかと関わってくるから、ずいぶん迷った。第二部も百四十枚くらいは書いてあって、あのままもう少し書いて出すことはできた。で

映画に使われた深海潜水艇「わだつみ」セットの前で

も上下二巻でさえ文句を言われたのに、三巻というわけにはいかない。田所博士と渡老人を逃がそうかどうか迷っているうちに、「花枝、赤《や》子《や》を生め」という科白を思いついて、よし、これでいったん終わろうと踏ん切りがついた。

第一部では明かしていないが、沈没しそうだという段階で、国と大会社が一種の秘密供託金をスイスに置く。それで沈没後にオーストラリアかどこかに領土を買おうという動きも出てくる。そんな筋立てを考えていた。だから下見に行ったわけだ。

ただ、それは物語の一部に過ぎない。『日本沈没』の第二部となれば、やはり相応の大きな仕掛けがいる。最初はそれを異常気象でどうかと考えていた。でも気象学者に聞いたら、炭酸ガスと温暖化の関係すらよくわかっていないらしい。確かに氷河期には炭酸ガスが減っている。それから温暖期、間氷期になると増えるけれども、それは炭酸ガスが増えたから暖かくなったのか、暖かくなったから炭酸ガスが増えたのかわからない。相関性はあっても、因果関係は未だにわかっていないという。それでこのアイデアは頓挫してしまった。

それから、「国土なき後の日本人」についても考えたのだが、どうもうまくいかない。例えば祖国喪失から何千年後にイスラエルを建国したユダヤ人ほど、日本人には「日本」に対する執着があるか。実は日本人の民族アイデンティティは、国土がなくなれば溶けていくのではないか――。

もともとネーション・ステート（国民国家）の誕生はフランス革命から。あの時の法律で、教育と兵役と納税という国民の三大義務とともに「ネーション」のコンセプトができる。ヨーロッパでは国境紛争を繰り返しながら、ネーションが定着していった。けれども、日本はこのネーションというコンセプトから一番遠い国だ。島国だから紛争や侵略とはほぼ無縁だったし、人口半減みたいな疫病もない。日本という国は自然で保護された一種のユートピアみたいなものだったのではないか。そこに日本人の国際社会に適応しきれない本質がある。しかしそれは逆に、十八世紀のナショナリズム誕生以来の人類社会の停滞を打開していく大きな役割を果たす可能性もあるのではないか。ネーションと無縁な無領土民族として、むしろ世界に貢献できるのではないか——そんなことを考えたのだが、これではあまりに虫が良すぎるのではないかという気もして、この方向で書くのは躊躇してしまった。

このあたりの、ネーションや民族の考え方については、「サブナショナルの国『日本』」（『流動』一九六九年十二月号、『未来からの声』所収）という論文に書いたこともあるが、なかなか小説として練り上げることはできなかった。

結局それからどんどん忙しくなっていって、第二部はそのままになってしまった。でも最近はちょっと考え方を変えて、全部自分でやる必要もないかなと思い始めたところだ。日本SF界には、才能ある中堅・若手が大勢いる。彼らの知恵も借りながら、チームとして第二部の構想を練り上げ、執筆も任せる、というプロジェクト方式で完成させようと思い始めた。ちょうど三十三年ぶりに『日本沈没』が再映画化されるタイミングでもあり、本書が出る頃には「第二部」もお目にかけることができると思う。

田所博士は、じっとうなだれて、老人の言葉を聞いていた。——師の言葉を聞く弟子のように……。

「日本人はな……これから苦労するよ……。この四つの島があるかぎり……帰る〝家〟があり、ふるさとがあり、次から次へと弟妹を生み、自分と同じようにいつくしみ、あやし、育ててくれている、おふくろがいたのじゃからな。……だが、世界の中には、こんな幸福な、温かい家を持ちつづけた国民は、そう多くない。何千年の歴史を通じて、流亡を続け、辛酸をなめ、故郷故地なしで、生きていかねばならなかった民族も山ほどおるのじゃ……。あんたは……しかたがない。おふくろに惚れたのじゃからな……。だが……生きて逃れたたくさんの日本民族はな……これからが試練じゃ……家は沈み、橋は焼かれたのじゃ……。外の世界の荒波を、もう帰る島もなしに、渡っていかねばならん……。いわばこれは、日本民族が、否応なしにおとなにならなければならないチャンスかもしれん……。これからはな……帰る家を失った日本民族が、世界の中で、ほかの長年苦労した、海千山千の、あるいは蒙昧で何もわからん民族と立ちあって……外の世界に呑みこまれてしまい、日本民族というものは、実質的になくなってしまうか……それもええと思うよ。……それとも……未来へかけて、本当に、新しい意味での、明日の世界の〝おとな民族〟に大きく育っていけるか……日本民族の血と、言葉や風俗や習慣はのこっており、また、どこかに小さな〝国〟ぐらいつくるじゃろうが……辛酸にうちのめされて、過去の栄光にしがみついたり、失われたものに対する郷愁におぼれたり、わが身の不運を嘆いたり、世界の〝冷たさ〟に対する愚痴や呪詛ばかり次の世代に残す、つまらん民族になりさがるか……これからが賭けじゃな……」

（『日本沈没』より）

ＳＦを専門にえらんだ時、私は同時に、「人間の歴史を、地球史、自然史の一部として見る」という視点をえらんでいた。そうする事によって、人間の歴史は、――その過誤や悲劇もふくめて、――かえってもっとも親しいものになった。このルポは、それぞれの国の具体的な歴史や社会や生活に一歩ふみこむ事になったが、基本的な態度はかわらない。――人間の営みは、その失敗や悲劇をふくめて、地域・文化・時代のちがいをこえて、自然の中で最も感動的なものである。

（『歴史と文明の旅』より）

第4章

『さよならジュピター』プロジェクト

『さよならジュピター（上・下）』（サンケイ出版、1982年4月刊）

『ゴルディアスの結び目』から「女シリーズ」まで

『日本沈没』ブームの後、僕の身辺も大きく変わった。とにかく仕事が増えた。原稿の注文だけならまだいいが、対談、座談会、講演、テレビ、シンポジウム、委員会……いろんなところに引っ張りだされるようになった。基本的にオッチョコチョイな性格だから、少しでも面白そうなら、たいていのものは引き受けてしまう。税金対策も何もしていなかったから、高い税金を払うために働く必要もあった。

そういう中で、これまでとちょっと毛色の違う仕事として、テレビの海外ルポの仕事も舞い込むようになった。おかげで一九七四年から数年間はいろいろ珍しい場所に出かけている。アイスランド、南極、フォークランド諸島、クレタ島、サントリーニ島、マヤ遺跡、イースター島、マルタ島、ストーンヘンジ……。

テレビの取材はカメラマン、音声、ＡＤと必ず複数のチームになるから、ワイワイと楽しい。こちらは『歴史と文明の旅』をやったことで、英語はだいたい通じるのがわかったし、スペイン語圏もなんとかなる。とにかくクソ度胸だけはついていた。

後半のイースター島などは、野田昌宏さんの日本テレワーク制作の「巨石文明」ドキュメンタリーシリーズ。行って見なきゃわからない取材ばかりだから、番組作りは現地構成で、結局ほとんど僕が書いた。こっちは台本書きやら生ラジオまでやっていたから、放送作家の血も入っているようなもの。使う側にすれば便利な人間だったのではないか。

こうした取材の顚末は『遠い島　遠い大陸』（一九八一年）にも書いているが、TBSテレビの「パスポート4」という番組の取材で、南極やフォークランド諸島を回ったのは印象深い。フォークランド諸島の中にほとんど老人だけの島があって、ここを訪ねた時に、地球の果てで宇宙に直に対峙している感じがして、大いに創作意欲をかき立てられた。それで帰国後に書き上げたのが「岬にて」という中編だ。

「岬にて」が掲載されたのは角川書店の『野性時代』一九七五年五月号。ちょうどこの頃から角川書店との付き合いが始まっていた。この年、角川春樹さんが三十三歳で社長になるのだが、伝統ある角川文庫をエンターテインメント路線に変えようとしていた。その頃から彼は映画化を考えていたようだ。そういう春樹さんのアプローチもあって、原稿ついては『復活の日』をぜひ入れさせてほしいと、春樹さんが直接電話してきた。その頃から彼は映画化を考えていたようだ。

も書くようになった。角川はこの時期、僕の作品をずいぶん文庫化してくれた。

もちろん、『野性時代』を選んだのは長さの問題もあった。「岬にて」はかなりボリュームのある中編になってしまったのだが、こんな長くて退屈な話でもいいのと聞いたら、編集部もOKしてくれた。それ以降、七六年一月号「ゴルディアスの結び目」、六月号「あなろぐ・らゔ」、七七年二月号「すぺるむ・さぴえんすの冒険」と、宇宙論に取り組んだ中編を『野性時代』に書き続けた。この四作は『ゴルディアスの結び目』のタイトルで単行本化されている（一九七七年六月）。

中編というのは意外に難しくて、面白いテーマだと思って広げすぎると、終わり方がわからなくなる。ややこしい宇宙論を題材に、よく四本もまとまったと思う。中でも「ゴルディアスの結び目」は褒めてくれる人が多いが、僕もこれが一番気に入っている。

この頃は、注文が多かったせいもあるけど、ずいぶんいろいろな傾向の短編・中編を書き分けた。

「昔の女」（一九七一年）に始まって、「待つ女」（七二年）「湖畔の女」（七二年）「秋の女」（七三年）「歌う女」（七三年）「旅する女」（七三年）「流れる女」（七四年）「無口な女」（七四年）……と続いた「女シリーズ」。もともとは「SF作家は女が書けない」と言われたのが悔しくて、『別冊小説新潮』に書いたのが始まりなのだが、ちょっと変わった幻想的な作品群になっていると思う。

「鷺娘」（一九七四年）「天神山縁糸苧環《えにしのおだまき》」（一九七五年）などの「芸道小説」もけっこうある。僕は親父の影響で幼い頃から歌舞伎や能も見ていたが、改めて伝統芸能を題材に書いてみようかと思ったのは、『歴史と文明の旅』で各国を回ったからだ。特にオーストリアのオペラハウスで会った男に、「日本舞踊はすごい。こっちに連れて来て見せればいいじゃないか」と言われたのは刺激になった。日本の伝統芸能はオペラやバレエよりも凄いかもしれないぞと。万博をやり始めてから財界人や官僚との付き合いが増えて、祇園に行く機会もよくあった。

それから、「遷都」「応天炎上」「糸遊」という「平安三部作」もある。これは特にSFの仕掛けは使っていないけれども、歴史を週刊誌のスキャンダル記事みたいにとらえるだけで、ぐっと面白くなる。要は歴史を相対化するということ。教科書に載っているような退屈で偉そうなものではなくて、歴史は本来、身近で面白いもの。そんな思いがあるから、僕は歴史を素材にしたものもけっこう多い。『時空道中膝栗毛』（一九七七年）なんていうのもこの頃だ。

そのほか、ポリティカル・フィクション（PF）では「アメリカの壁」（一九七七年）や「華やかな兵器」（一九七九年）、科学論もので「飢えなかった男」（一九七六年）、「眠りと旅と夢」(一九七八年)などを書いている。いずれも気に入っている作品だ。

「日本を沈めた男」の日本論

日本を沈没させてしまったおかげで、日本論の依頼も増えた。それまでに書き散らしていた評論やエッセイなどを本にしましょうという話もいくつか来た。創樹社から出版された『未来からの声』(一九七三年)などはその典型で、いったいどういう経緯で本にまとまったのか、さっぱり記憶にない。ただ、先に触れたように、この本には「サブナショナルの国『日本』」という、僕の日本論の原型のような小論が収録されている。

七五年から七六年にかけては、三菱グループの広報誌に、「民族の風景」「私流比較日本学のこころみ」を連載した。それが僕の二冊目の新書『日本文化の死角』となったが、本書では稲作や宗教の伝来、言語の伝搬などを東アジアの歴史的背景の中で洗い出し、文化圏としての日本の成立を追ってみた。

別に沈めてしまったから言うわけではないが、この本を書きながら僕が感じていたのは、「幸運な島国」としての日本、ということだった。島国だからこせこせしてると言うのは大間違いで、むしろ島国で資源が少なかったからこそ、いろいろな工夫をする知恵が生まれた。イネの品種改良などというのは、まさに日本人の知恵と工夫そのもの。亜熱帯で誕生した植物を亜寒帯にまで適応させてきた品種改良の歴史は、それだけで特筆ものだろう。

日本の文化は、鎖国的な島国だったから育まれたという面がたくさんある。例えば識字率の高さがよく指摘されるが、それは「かな」のおかげだ。僕の三高の友人に梵語梵文学をやっていたのがいて、梵字を見せてもらったことがある。すると、梵字というのは母音と子音のマトリックスになっていて驚いた。なんだ「あいうえお、あかさたな」じゃないかと思って調べてみたら、日本語の五十音表のマトリックスも梵字が日本に入った時に始まっていた。梵字が読めなかったから、ひらがなを作り、ルビを振った。その時に、五十音表ができたのだ。つまり、坊さんのカンニングのおかげで、アルファベットに比肩する辞書インデックスができたというわけだ。

当時の僕は、日本という国を相対化しながら、「地球史の中の日本」として捉え直そうとしていた。そうやって比較文化的視点を持てば持つほど、いかに日本がかけがえのない国かも見えてきた。

四季折々に違う花が咲く国は世界でも珍しい。豊かな自然と、それに育まれた穏やかで知的な文化。贅沢でなくても満足できる洗練されたライフスタイル。これから長い人類史を考えた時に、日本は世界のモデルになりうると思ったし、そうした考えがあったからこそ、後に「花博」の話があった時も、つい興味を持ってしまったのだと思う。

空前のSF雑誌四誌時代

『日本沈没』がベストセラー化したことで、世間におけるSFの位置づけ、SFを取り巻く状況も変わっていった。『日本アパッチ族』の頃は、「SFと銘打てば売れない」と言われていたのに、『日本沈没』以降の出版界はむしろSFブーム。読者層も拡大して、日本SF大会で「SFの浸透と拡散」なんていうのがテーマになったのも、この頃だった（七五年の神戸SF大会）。

七六年には、『SFマガジン』に続く二誌目のSF専門誌として『奇想天外』が再スタートを切った（一九七四年に盛光社から創刊された時はミステリとSFの専門誌。まもなく休刊となり一九七六年四月号よりSF専門誌として復刊）。この復刊第一号で、僕も石川喬司さんと対談しているのだが、ここでも「SFの拡散」や「SFの責任」がテーマになっている。

僕がデビューした頃と比べると、わずか十数年で様変わりしてしまった。

さらにその流れを決定づけたのが、七七年公開の映画『スター・ウォーズ』だ（日本公開は七八年）。正確に言えば、『スター・ウォーズ』と『未知との遭遇』、ジョージ・ルーカスとスティーブン・スピルバーグと言うべきか。これによって、ＳＦは映画の世界でもポピュラーなものになった。ちなみに、学生ファンの諸君を中心に「小松左京研究会（コマケン）」ができたのもこの年だ。

七九年になると、ＳＦ専門誌がさらに二誌登場する。徳間書店の『ＳＦアドベンチャー』と光文社の『ＳＦ宝石』だ。僕は『ＳＦアドベンチャー』の創刊号（春季号）には「とりなおし《リテイク》」を書き、『ＳＦ宝石』の創刊号（八月号）ではニューヨークに飛んでアシモフと対談をしている。『ＳＦ宝石』はこの後も、海外作家のインタビュー記事を売り物にしていた。ともかく、ここへ来てＳＦ雑誌四誌時代に突入し、ＳＦは空前の黄金時代を迎えつつあった。

僕はこの年、冨田勲のシンセサイザー・コンサート「エレクトロ・オペラｉｎ武道館」もプロデュース。冨田さんのシンセサイザー音楽とビル・エトラのコンピュータ・アニメーションを組み合わせた、日本初のエレクトリック・クロスオーバーショーを実現させた。そしてこの時初めて、ＣＧを間近に体験することになった。

この頃になると、SFが映像の世界にどんどん拡大しつつある感じだった。翌八〇年にはついに映画『復活の日』が公開される。七五年に春樹さんが電話をかけてきてから五年。南極ロケでは船が座礁するなど、撮影には苦労したようだが、とてもいい映画になった。キャスティングもハリウッド並みだし、原作者としては非常に気に入っている。主人公の吉住役の草刈正雄さんが南を目指して歩いて行くシーンは感動的だった。

でも、あれはチリで撮影しているのではなくて、実際にはカリフォルニアのデスバレーとアラスカだったらしい。太陽と重なる絵だけはリマの郊外で撮影されたもので、最後の再会のシーンも実はアラスカ。アメリカ大統領役を演じたグレン・フォードはアル中気味でNGばかり出し、深作欣二監督が困ったというし、映画の裏側は本当に面白い。

SF作家の知恵を結集

『復活の日』が公開されたちょうどその頃、僕自身も「映画作り」に関わり始めていた。製作・原作・脚本・総監督の四役をこなすことになる『さよならジュピター』だ。

この映画の話は、そもそも七七年の『スター・ウォーズ』公開にさかのぼる。五月にアメリカで公開され、たいへんな評判を呼んだものだから、東宝映画社長の田中友幸さんが僕のところにやってきて、「『スター・ウォーズ』が日本公開される時に備えて、当て馬として何か書いてくれないか」と言う。確かに昔、早川書房の「ＳＦコンテスト」のスポンサーも東宝だったから、ＳＦ界は東宝には恩義がある。でも、「当て馬」はないだろうと僕は思った。だからこう言った。「友幸さん、当て馬というのはひどい。そんな『スター・ウォーズ』の二番煎じを考えるのではなくて、我々ＳＦ作家がちゃんとした原作を考えるから、納得の行くＳＦ映画を作ろう」。

これが全ての始まりだった。ここまで大見得をきった以上、やらないわけにはいかない。ともかく若手のＳＦ作家の知恵を借りるために、ブレーン・ストーミングをやることにした。第一回はこの年の九月。豊田有恒、田中光二、山田正紀、伊藤典夫、高齋正《こうさいただし》、川又千秋、鏡明、横田順彌、井口健二、高千穂遙らにホテル・ニューオータニに集まってもらった。

もちろん、例によってＳＦ作家の集まりだから、そうすんなり行くはずがない。ブレストといっても、最初のうちは雑談ばかりで、後でテープを聴くと、延々とプロレスの話で盛り上がっていたりする。結局、時には専門家を呼んだり、時には熱海で合宿したりしながら、一年にわたって十数回のブレストを開くことになった。

僕もまったくのゼロベースで臨んだわけではない。以前、アニメの原作を頼まれた時に考えて、実現しなかったアイデアがあった。それは「木星太陽化計画」という、実際に学者が提唱していたプランだ。これを使って、『さよならジュピター』というタイトルで物語を作れないか……。その頃ちょうど、ボイジャーから木星についての新しい情報や映像がもたらされていたから、木星なら面白くなるという思いがあった。

作業を重ねる中で、「人類を救うために木星を爆破するというのはどうか」「ブラックホール・クライシスと組み合わせて」「ジュピター教団という新興宗教が反対する」などのアイデアが出て、一年後にはほぼストーリーが見えてきた。それを僕が自分でシナリオ化していき、第一稿が完成したのが七九年の夏頃。シナリオだけで四百枚になり、これでは三時間半を超えるし、製作費も膨大になってしまうので、東宝と改稿の打ち合わせに入った。それが長引いているうちに、当時サンケイ出版にいた三浦浩から『週刊サンケイ』に連載を頼まれたため、このシナリオを見せたところ、これをぜひノベライズして載せようということになった。そんな経緯で、八〇年五月から『さよならジュピター』の連載が始まった。

連載は八二年一月まで続き、単行本化されたのが同年四月。従って、この作品は僕の作品の中でもかなり特異な成り立ちのものになった。まず初めに映画化ありきで、そこからシナリオを書き、ノベライズしていくという、通常と全く違う経緯をたどったのだ。単行本の口絵に、「スタジオぬえ」による映画用の図解がいきなり載っているのも、そういう事情があったからだ。

当時、僕はもう「ジュピターシフト」をしいていて、この映画の完成を最優先に考えていた。そうなると、いかに映画のノベライズとはいえ、長丁場の週刊誌連載は自信がない。そこで、まさかの時のリリーフのために、連載の最初から豊田、田中、山田の三人に共作者として名を連ねてもらった。幸い、彼らの手を煩わす事態は一度もなかったが……。この時点で僕はもうファクシミリを導入しており、原稿やゲラのやりとりは全て大阪の自宅から行った。その意味でも画期的な連載だった。

八百枚の絵コンテ

連載で物語に肉付けをする一方、八一年、八二年は映画製作のための様々な布石を打っていった時期でもある。以前の「エレクトロ・オペラ」でCG技術に接した僕は、今度の映画でも使いたいと考えた。しかし、そのためには大きな壁があった。当時はまだ

CGに関する技術は企業秘密だったから、クリエーターが好きに使うというわけにはいかなかったのだ。まずはその壁を壊すために、企業、研究者、クリエーターが、同格の立場で交流する場を用意する必要があった。

それを意識して作ったのが、ホテル・ニューオータニのフォーラム一階に開設した「エレクトロオフィス」だ。このオフィス自体は、コンピュータメーカー各社に協力してもらって、パソコンやワープロなど当時の先端機器を置いたモデルオフィスのようなものだったが、それでもクリエーターや学者が面白がって集まってきた。そういう場はまだ珍しかったのだ。

その考え方の延長で、さらに有機的な協力関係を作るために、「ニコグラフ（日本コンピュータ・グラフィックス協議会）」というのもこしらえた。日経新聞の広告局と東急エージェンシーが乗ってくれて、企業をとりまとめてくれた。八二年の秋には、日本で初のCGの国際会議にもこぎつけた。

こうした技術的な布石と同時に、東宝と折衝する過程で僕は製作会社の必要性も感じていた。そこで八一年八月、『さよならジュピター』を作るために、株式会社イオを設立した。イオという名前は木星の衛星からとったものだが、ＩＯは二進法を想起させる

ホワイトボードに絵コンテの下書きを描く。800枚すべて自分で描いた

し、イタリア語で「私」という意味もある。なかなかいいじゃないかと思った。

　こうして、自分なりに最善の体制を整え、八二年からいよいよ絵コンテ作り、デザイン、特撮用模型作りといったプレ・プロダクションに突入していった。ここでもかなり画期的な手法を試みている。例えば八百枚の絵コンテの下書きは全部僕が描いたのだが、活用したのがホワイトボードとインスタントカメラ。ホワイトボードを九コマに割って、そこにざーっと下書きを描いていき、それを富士フイルムのインスタントカメラ「フォトラマ」で撮ってイラストレーターに渡す。これは我ながらアイデア賞ものだった。

　撮影に使う宇宙船は全て、小川正晴君とい

う「模型マニア」に頼んだ。小川君は映画『二〇〇一年宇宙の旅』を見ただけで、ディスカバリー号の精巧な模型を作ったという青年。ちょうど慶応大学を卒業するところで、公認会計士の資格を取って家の仕事を継ぐことになっていたのだが、ご両親に頭を下げて製作チームに入ってもらった。彼はこの映画が終わった後、オガワモデリングという会社を興した。

監督は橋本幸治さんにお願いしたが、僕も製作、原作、脚本、総監督として、あらゆるところに関わった。キャスティングにも、ユーミンや杉田二郎の曲作りにも口を出した。八三年四月にクランクインすると、撮影現場にも毎日顔を出した。やらなかったのは演技指導くらいだろうか。

八四年三月の公開までの日々は、毎日が大学祭のような感じだった。実際、イオに出入りしていたコマケンの学生諸君は、僕の秘書の乙部女史からこき使われ、「クンタキンテ」と呼ばれていたが、大学祭の準備をしているような気分だったと思う。

あれだけ準備に費やした割には、確かに興行成績は東宝が満足するものではなかった。でも僕としては、やれるだけのことはやったと思うし、映画の出来にも七五%くらいは満足している。

欲を言えば、もう少し「大人のドラマ」のところをちゃんと作りたかった。それと、宇宙がどうしても明るすぎた。宇宙は暗いんだ、暗くしてくれと言い続けたのだが。ただ、木星は非常によく描けているし、演技の部分では外人たちはみんな素人だったから限界があった。「もうちょっとこうすれば」という思いはあるが、もう済んだことだし、映画作りのプロセスそのものは充実していたと思っている。

『首都消失』で日本SF大賞受賞

『さよならジュピター』という大きな祭が終わっても、物書き稼業は休みなし。クランクアップした直後から準備して、ブロック紙の三社連合（東京・中日新聞、西日本新聞、北海道新聞）に八四年いっぱい連載したのが『首都消失』だ。これは八五年にトクマノベルズ（徳間書店）から刊行、上下で七十万部を売って、文庫になってからも八十五万部出た。僕の作品の中では『日本沈没』に次いで売れた作品ということになる。

内容も『日本沈没』と同様、ポリティカル・フィクションの系統といえる。この系統の長編でいえば『こちらニッポン…』（一九七六年〜七七年、朝日新聞に連載）以来の作品だ。『こちらニッポン…』は『日本沈没』と逆で、国土はあるのに人がいなくなるというのを描いてみたかった。それを「そんなアホな」と思わせないのが腕の見せ所だし、例えば高速道路を走っている自動車の運転手が突然いなくなったらどうなるか、というのを具体的に描写してみたかった。数人の男と一人の女が生き残った時に、人はどう行動するか。そういう極限状態を書いてみたかった作品だ。

一方で『首都消失』は、当時、首都移転論や東京が壊滅した場合の危機管理が盛んに言われていたから、それを考えてみたかった。東京が謎の霧に包まれ、突如として音信不通になった場合、誰がどう動くのか。そのシミュレーションを徹底的にやってみた。『首都消失』は幸い各方面に好評で、八五年の第六回日本SF大賞を受賞した。あの時の日本SF作家クラブの会長は筒井さんで、挨拶では「私が小松さんを表彰するなんて、悪夢を見ているようだ」なんて言っていた。

そういえば、僕が八〇年代に書いた本格長編は、『さよならジュピター』『首都消失』『虚無回廊』だけ。映画で忙しかったのはもちろんあるが、八五年の国際科学技術博（科学万博＝つくば'85）で会場計画委員やらいくつかのパビリオンのプランニングに関わったり、なんだかんだと、相変わらず小説以外であちこちに引っ張り回されていた。新聞・雑誌やテレビなどメディアへの登場回数を数えるとたいへんな量になる。歳を重ねて、浮き世の義理が頂点に達していた頃かもしれない。

黄河、ボルガ、ミシシッピーへの旅

八五年五月から七十六日間にわたる黄河取材を引き受けたのも、言ってみれば浮き世の義理の一つ。関西テレビが開局三十周年記念で、黄河の全流域をルポする番組を作りたい、ついては僕にリポーターを頼みたいと、古いつきあいのプロデューサーから電話がかかってきたのだ。しかもそれを帰国してから、サンケイ新聞に連載するという大型企画だ。産経グループには漫才台本を書いていた頃からお世話になっているし、このプロデューサーもお互い信頼し、いろんな番組を作って来た仲だ。僕はスケジュールをすべて整理して、黄河行きをOKした。

行き先が中国というのが、個人的にも心引かれるものがあった。『歴史と文明の旅』だなんだと、さんざんあちこち歩いていながら、当時は文革が続いていたこともあって中国にはまだ足を踏み入れていなかった。中国が改革開放政策に転じ、取材許可が下りたのは前年の八四年のこと。ようやく訪れたチャンスだ。しかも『見知らぬ明日』で中国の青海省に宇宙人襲来と書いた手前、どうしてもそこを見ないわけにはいかない。黄河全域となると、源流の青海省も当然行くことになる。五十四歳の身には、七十六日間の取材旅行はかなりの負担だったが、僕は喜んで引き受けた。

初めての中国で見聞きしたことや中国で感じた「歴史と文明」については、それこそサンケイ新聞に書き、『黄河――中国文明の旅』にまとめられているのでもう触れないが、この取材で苦労させられたのは「中国人」ではなくて「日本人」だった。開放に転じた中国のルポを狙うのは、ドキュメンタリーの作り手としては当然だ。つまり、この時も、日本人のライバルが我々のほかに二組もいたのである。かたや高名なドキュメンタリスト、そしてもう一組が天下のNHKだった。

取材したい場所はだいたい同じようなものだから、三組があちこちで鉢合わせになる。特にNHKには何度も煮え湯を飲まされた。彼らは取材費は無尽蔵な上に、中央電視台と組んで、こちらを妨害するのだ。源流の湖では、NHKが先に入って、我々には撮影許可を出さないよう工作までしていた。

まさか中国の奥地に行って、同胞から背中を切られるとは思いもせず、同行したプロデューサーは悔し泣きした。NHKに物量作戦でかなうわけないじゃないか――そう慰めながらも、僕も腹が立って仕方がなかった。そして慰め半分、腹立ち半分で、「黄河

黄河取材で訪れた甘粛省・劉家峡にて

でかなわないなら、『河と文明』というシリーズを作ったらいいじゃないか。ボルガとミシシッピーにも行こう」と言ってしまったのだ。

口は災いの元とはまさにこのことで、結局この一言で、僕は八六年六月〜八月をソ連・ボルガ、八七年六月〜七月をアメリカ・ミシシッピーと旅することになる。後に女房と秘書からダブルで責められたのは言うまでもない（なにしろボルガを訪ねたのは、チェルノブイリ原発事故の二カ月後だったのだ！）。

おそらく僕の中では、中国の大河を旅してあの国に迫ったのであれば、次はやはりソ連とアメリカだろう、という漠然とした思いがあったのだと思う。中国、ソ連、アメリカ――いずれもヨーロッパ的なネーション・ステートではなく、実験的な大国。その生地を確かめてみたいと、僕はどこかで考えていたに違いないのだ。

三つの大河への旅は、僕の期待に違わず、素晴らしい体験だった。ただ、残念なのは、サンケイ新聞の紙面刷新の都合で、ミシシッピーの連載が途中で終わってしまったことだ。原稿は宙ぶらりんになったままで、小説だけでなく、ついにルポにも「未完の作品」を抱えることになってしまった。

花博総合プロデューサー

そしてボルガへの旅の準備をしていた八六年一月、僕はまたしても成り行き上、博覧会に関わることになった。九〇年に大阪で「国際花と緑の博覧会」(花博＝ＥＸＰＯ'90)を開催するので、その基本構想委員会に入って欲しいと依頼があったのだ。

当時の博覧会国際事務局(ＢＩＥ)と日本は微妙な関係にあった。神戸、京都時代からの旧友であった牛尾治朗氏(ウシオ電機会長)から、ＢＩＥが「日本は国際博をやりすぎる」と言っているらしいと伝え聞いていた。国際博として開催するためのハードルはかなり高く、基本理念の重要性は増していた。僕は基本構想委員を引き受け、そのままあれこれ相談にのっているうちに、八七年には国際シンポジウム・プロデューサーを、そしてしまいには総合プロデューサーまで引き受けることになってしまった。

別に僕が取り立ててお祭り好きだというわけではない。SF作家として、「自然と文明」「地球と生命」を考え続けてきた。地球環境問題、共生の問題、遺伝資源問題……植物を取り巻くどの問題をとっても、人類とその文明を考える上で大事なテーマが潜んでいる。あらゆる知識を総動員してそれに向き合うことは、知的責務でもある。それに、コメの伝播史、ジャガイモの由来、小麦の文化史、ニンニクの現代史——思いつくままに植物と人間の関係を文化史、文明史的に検討するだけで、やはり面白い。僕の場合、総合化への希求が、どうしても博覧会へと自分を近づけてしまう。

博覧会の会場展開というのは一種のストーリーだ。「ストーリー」には階層という意味もあって、多重に収容されたものを段階を踏んで、順を追って見ていく仕掛けということ。そうしていると、何か大きなものが見えてくる。面白い面白いと見ているうちに、全部をいっぺんに体感できる。空間としても、演劇以上に凄い総合的パフォーマンス空間だといえる。花博ではさらに景観そのものに物語を埋め込んだ、ランドスケープ・オペラ「ガイア」を実現できた。

花博も大阪だったが、僕は八〇年頃から大阪の文化研究、文化支援に一枚かんでいた。大阪の政財界を巻き込んで、「関西で歌舞伎を育てる会」や「大阪二十一世紀協会」の立ち上げにも関わったし、微力ながら大阪の文化振興そのもののプロデューサー役を務めてきた格好だ。

八〇年代以降、大阪を題材にした評論・エッセイが増えたのも、そうした自らの立場を自覚した上での「報告書」という意味合いがある。『大阪タイムマシン紀行』（一九八二年）、『わたしの大阪』（一九九三年）、『こちら関西』（一九九四年）――。週刊誌連載をまとめた『威風堂々うかれ昭和史』（二〇〇一年）も、自伝であり、かつ大阪近現代の庶民史でもあると思っている。

大阪は京にはなれなかったけれども、幕府もなかった。だから大阪はアナーキズムになじみやすくて、権威主義にならなかったということだと思う。娯楽性や笑いという意味では、大阪の文化はどこよりも先行しているのではないか。『日本アパッチ族』や『明日泥棒』などは、僕が大阪生まれでなければ決して書いていない。僕は大阪が好きだし、だから大阪に住み続けてきた。ただ時々、自分を含めてあまりにも品がないと思うことはあるが……。

Mini Library

まさにこの時期――つまり二十世紀後半の二十数年間――において、自然科学をはじめとする認識諸科学は、同じような「未来に対する問いかけ」を発する段階に達しつつあった。自然科学は、前世紀末以来、一挙に拡大しはじめた諸領域において、応用技術に先行しておどろくべきスピードで発達してきた観測手段・方法を駆使し、前世紀においては想像もできなかったほどの大量のすぐれた知性を吸収し、情報収集の大規模化、精度の向上、情報交流伝達密度の高度化といった、目ざましい改良をふまえつつ、急速に発展し、知識を整えつつあったが、この時期にあってさらに観測手段の飛躍的高度化と、情報の大量高速処理技術の出現によって、ようやくその蓄積整理された各分野の情報の「総合」の上にたって「この宇宙の中における人類の客観的な像」を、おぼろげながら描き出せる段階に到達しつつあった。

もっとも微小な素粒子の世界から、もっとも巨大な宇宙にいたるまで、――10^{-13}センチから数十億キロ、10^{-18}秒から数十億年にいたる「時空間のスペクトル」に、素粒子から原子、分子、有機高分子化合物をへて生命、高等動物にいたる「物質段階のスペクトル」をかさねあわせ、その上にさらに宇宙史、恒星史、地球史、生命史、生物史、人類史、文明史、社会史といった「歴史のスペクトル」をかさねあわせることにより、そのかさなりの中から、人類の客観的な姿が、朦朧とうかび上ってきた。

一世紀にわたる進歩ののち、科学は、それらの総合の上にたって、歴史の底から執拗に鳴りひびいてくる、あの三つの問いかけのうちの最初の二つ――すなわち「汝らは何ものか?」「いずこより来りしか?」という二つの問いに対し、まだ多くの空白をのこしながらも、確信にみちた答えを準備しつつある。その回答の上にたって、科学はさらに最後の、もっとも困難な「未来」へむかっての問いかけに対しても、一応答えてみようとする姿勢をととのえつつある。すなわち「いずこへ行くか?」という問いに対して――。

こうして、現在のわれわれは、ようやく日常身辺的な次元から、宇宙的な次元にいたるまでの総合的な「未来への展望」――いまだにかなりの部分が、解明されぬ霧の彼方にあるとはいえ――を持ちはじめており、その展望の上にたって、未来に対する「総合的な」問いかけを発する段階に達しつつある。

(『未来の思想』より)

終章

宇宙にとって知性とは何か

『虚無回廊（Ⅰ・Ⅱ）』（徳間書店、1987年11月刊）
『虚無回廊（Ⅲ）』（角川春樹事務所、2000年7月刊）

還暦と『虚無回廊』

花博を無事終えて、還暦を迎えた一九九一年の正月。四日から六日にかけて、僕は和歌山県白浜町のホテルグリーンヒルで、さるシンポジウムに参加していた。

目の前には、宇宙物理学、比較惑星学、電波天文学、生物学、ウイルス学、情報科学、哲学……と、各分野における当代きっての知性と呼ぶべき十人の先生方が並んでいる。十人のパネラーに素人は僕一人。司会役兼質問者兼聴衆である僕に対して、それぞれの先生がご自分の分野の最先端を解説してくださる。そればかりか、十人が様々な組み合わせでディスカッションすることで、そこにまた違う「知」が開けてゆく。僕のためだけの授業であり、僕のためだけのディスカッション――なんと贅沢な場なのだろう。

実はこのシンポジウムは、僕の還暦を記念して、わが秘書や日頃からお世話になっている方々が、僕のために企画してくれた「宇宙・生命・知性をかんがえる」シンポジウムだった。先生方は僕のために日程を空けてくださったのだ。この時の内容は、『宇宙・生命・知性の最前線――十賢一愚科学問答』(一九九二年)としてまとめられている。

僕の周囲がこういう素晴らしいシンポジウムを企画してくれたのは、鳴り物入りで書き始めた『虚無回廊』が中断したままだったからだ。花博で忙殺されていた頃、僕は「還暦になったら、創作に専念する」と宣言していた。お祝いのプレゼントという趣旨もさることながら、このタイミングで小松を刺激すれば『虚無回廊』も動き出すのではないか、という狙いがあったのだろう。

『ＳＦアドベンチャー』に『虚無回廊』の連載を始めたのは八六年二月号から。八七年三月号まで続けたところで、花博で忙しくなり中断。八七年に徳間書店から『虚無回廊（Ⅰ・Ⅱ）』と出たところで、刊行も止まっていた。僕になんとか筆をとらせようとするのは当然のことだ。

確かにこの時の「薬」は効いたようだ。僕は九一年十二月号から連載を再開。しかし、翌年『ＳＦアドベンチャー』の季刊化に伴い、再び中断に至る。再開後の分は角川春樹事務所の厚意で『虚無回廊（Ⅲ）』として二〇〇〇年に刊行されたが、物語はここで中断したままだ。続きをお待ち下さっている読者の方々にはまことに申し訳なく思っている。

しかし、今だから明かせば、実はあの後『ＳＦアドベンチャー』が休刊してくれて助かったところもある。僕自身、あの超巨大建造物ＳＳの深部に何があるのか、まだ答えを出せていないからだ。

一度は中心軸が一種のタイムスコープになっていて宇宙の深淵が見える、その先に新しい宇宙ができるという結論を考えたのだが、それがどんな宇宙なのかうまく出てこなかった。あの時は、どこかの宗教に入ったら楽だろうなと思うくらい苦しんだ。

一番わかりやすいのは仏教だったのだが、仏教はそんなことを問うてもしょうがない、と言っているわけだから困る。それならSSの中に楕円形の容器があって、そのフタを開けると中が空っぽで、つまりは「虚無懐炉」、という壮大なオチを考えた。でも星さんとの冗談ならともかく、それで許されるわけがない。

本当は読み進むにつれ、目が開けて、明るくなって、元気が出てくるという終わり方が理想だが、そう簡単にはいかない。でもヒントとして、今のルールの宇宙よりもっと素晴らしい宇宙の再生の可能性がどこかにあって、人類の文明は完全ではないが、実はその一つであり試みであった、という考え方はできるような気はしている。小説として果たして完成させられるかどうかは別だが。

阪神大震災の衝撃

『虚無回廊』の連載が中断した後も、書き続けるための努力はしていた。とにかく最新の宇宙論、天文学の最先端を知らなければと考え、少しずつ取材も始めていた。そして、毎日新聞にその成果を宇宙テーマのルポのような形で連載することが決まった。週一回、四百字詰め九枚分の原稿を、九五年春から一年間書くことになっていた。

しかし、まさにその矢先、一九九五年一月十七日、阪神大震災が起こった。阪神間という、僕にとって最もなじみ深い地域を襲った大災害だ。『日本沈没』の著者として、何もしないわけにはいかない。毎日新聞サイドにこちらから申し入れて、テーマの変更を了承してもらった。宇宙テーマのルポはいったん棚上げし、この震災でいったい何が起こったのかを記録し、解析する連載を一年間書くことになった。大急ぎで専門家や防災関係などを取材して回り、四月一日から連載が始まった。

この連載については、『小松左京の大震災'95』(一九九六年)という形で単行本になっているが、あの震災は本当にショックだった。あれだけ地震や地殻変動を調べているのに、阪神間にあんな地震が来るとは思ってもみなかった。関西で歴史に残ってるのは文禄五(一五九六)年の伏見大地震。だから京都の南のはずれに断層があるのは知っていたが、阪神間にあんなものがあろうとは——。俺は何をしていたんだ、勉強が足らん!というのを痛感し、自分が情けなくなった。

『日本沈没』を書こうと決意させ、理論的なバックボーンになったのは、大陸移動説であり、プレート・テクトニクス理論だった。しかし執筆の過程で、そうしたプレート・テクトニクス理論では説明できないような内陸型の地震があることはわかっていた。八〇年代に入る頃から活断層という言葉が登場し、大都市圏直下型という言葉も出てきた。これはかつての関東大震災をイメージしての言葉のようだが、厳密に言えば関東大震災の震源は相模湾の沖合であり、従って「大都市圏直下型活断層地震」というのは、僕の想像の範囲外だった。ところが、それが現実に自分の身近で起きてしまったのだ。

そもそも震度階表示に、震度7というのができたのは、一九四八年の福井地震以降のこと。そしてこの時まで、現実に震度7が認定されたことはなかった。だから僕が『日本沈没』の中で、上巻の「第二次関東大震災」と下巻の「近畿大地震」を震度7とした時に、「日本の震度階は6までしかないはず」という投書が複数来たほどだ。しかしその震度7が、現実に起きてしまうとは——。

そんな驚き、狼狽、悔しさも含めて、もう一度勉強し直すようなつもりで、この連載は続けた。様々な研究者と出会うことで個人的には収穫もあったが、でも、この連載の取材は総じてきついものがあった。特に七月八月の夏の暑い盛りに、一人で取材に歩き回ったため、体調を崩してしまい、その後はかなり鬱の状態になってしまった。連載はなんとか約束どおり終えたが、精神的な後遺症は少し残り、おまけに宇宙ものの連載も棚上げになったままで、また『虚無回廊』の完成が遠ざかってしまった。言い訳をするつもりはないが、『虚無回廊』のその後にはこんな事情があったのだということを、読者の皆さんにお伝えしておきたかった。

宇宙にとって生命とは何か、知性とは何か

こうやって改めて半生を振り返ってみると、ずいぶんいろんなことに手を出し、首を突っ込んで来たなあと思う。漫才の台本を書いたり、小説を書いたり、評論を書いたり、ルポを書いたり、勉強会を作ったり、万博に首を突っ込んだり、映画を作ったり……。何者なのだかわかりゃしない。ＳＦだって、あらゆるテーマを書いてきた。

結局、根っからのオッチョコチョイということに尽きるような気がするが、どんなものに関わっても、その都度、大急ぎでポイントは摑もうとしてきた。アマチュアだからこそ大づかみでできることもある。

若い頃から、「君は作品をメモ代わりに書いているんじゃないか」「君の仕事はスケ

ッチであり、フィールドノートだ」と言われてきた。確かにそうだと思う。でも、きちんとした学者には、かえって言えないような「思いつき」も形にしてきた。

『はみだし生物学』（一九八〇年）では、ウイルスを媒介とする遺伝子付加と進化の関係とか、自己増殖型機械の論理モデルとかを書いて、中尾佐助先生から「この本は学問的な意見で第一級のもの」「ダーウィン、今西錦司、小松左京と並んでくる」とおだてられた。『継ぐのは誰か？』の中で書いた「普遍生物学」のアイデアは最近では複雑系の先生方に気に入ってもらっているらしい。

『地球社会学の構想』（一九七九年）の中では「機械化人類学」なんてコンセプトも出した。人類学を機械化するのではなくて、「機械化人類」の学。その前から「自動車生態学」というのも提案していたが、これからはコンピュータ社会学、コンピュータ社会生態学が必要だろう。パソコンとネットの普及によって、もう何か世界認識、人間社会認識、地球認識のベースが変わってきているように思う。それは本当は社会学がやらなければいけないことだ。江戸時代に大衆出版が始まった時も、人々の社会認識は激変したはず。技術の進化は確実に人間を変えているとは思うのだが。

今の世界を見ていると、宗教とか民族とか、それぞれの歴史的なアイデンティティに搦めとられ過ぎているように思う。それは世界のどの地域でも必ずあるけれども、内包しながら超えていく方法を見つけなければいけない。つまり各自のアイデンティティを立てたまま乗りこえていく、それを支えるような学問のフレームが必要なのだと思う。

それが何かといえば、やはりナチュラル・ヒストリー、生物の発生から始まる地球史であり、それをバックグラウンドにした人類社会史、情報進化史といったものなのではないか。それぞれの人間が「地球に発生した生物の一個体」という認識に立って知性を結集していかないかぎり、戦争も環境問題も貧困も飢餓も何一つ解決できないだろう。

僕は『鳥と人』（一九九二年）というエッセイで、文化史や経済学、生物学、動物生態学など、あらゆるアプローチから鳥と人間の関係について考えたことがある。その基本にあったのは、昔ヒマラヤで飛行機から見たシーンだ。

タイ発のスカンジナビア航空でオスロに向かう時、ヒマラヤ山脈を越えるルートを飛んだ。高度六千メートルぐらいを飛んでいる時に、ふと窓の外を見ると、鳥の群れがヒマラヤ山脈を越えている。あんなに寒くて空気も薄いのに、人間が飛行機で飛ぶ前に鳥は進化の果てにもうこんな困難な飛行までやり遂げていたのだ、と感動した。その時こう思った。しかし鳥は宇宙までは行かなかった、宇宙は人間がやるのだなと。進化が人間の宿命であり、地球生命の一つとしての義務であるとすれば、やはり宇宙には行かなければならないだろうと思った。

宇宙の中で地球以外に生命があるのかは、まだわからない。ないと寂しいと思うが、今のところまだ発見されていない。ならば、なぜこの地球には四十億年前に生命が生まれたのか。そもそも生命とは何だ。繁殖と遺伝子交換のメカニズムは、自然の中でどうやって出来上がったのか。そして進化の果てに、なぜこのような複雑な脳を持ち、過剰な知性を備え、宇宙を目指すような生物が生まれてしまったのか。

いったい我々人類はなぜ生まれたのか。宇宙にとって知性とは何なのか。そしてその知性が虜になる「文学」とは何なのか。僕はそのことがずっと知りたかったし、今も知りたいと思っている。

最新の宇宙論と生物学を踏まえた哲学というのを、誰か構築してくれないだろうか。そうしたらもうほかに何も要らないのだが。

四十年前、『未来の思想』のエピグラフに、僕はこう書いた。

「汝らは何ものか？　いずこより来たりしか？　いずこへ行くか？」

その思いは、強まりこそすれ、今もまったく変わっていない。

ＳＦこそ文学の中の文学である

ＳＦの思考法の特徴は、物事を相対化する、ということだと思う。僕がなぜ『ＳＦマガジン』創刊号を読んで「ＳＦなら歴史を相対化できる」とピンときたかというと、それはおそらくフッサールのおかげだ。少し触れたように、僕は学生時代、フッサールの『純粋現象学』をノート三冊分のメモをとりながら熟読した。そのおかげで、現象を現象そのものとして捕まえること、思想も相対化して予断を持たずに検討するという方法が身に付いていた。

そしていざＳＦを書き始めてみると、こんなこともできる、あんなこともできる――その豊かで巨大な可能性に目眩がしそうになった。その「可能性」を、めいっぱい追求してきた半世紀だった。僕の中では、日本を沈める物語を書くことも、「歴史と文明の旅」に出かけることも、宇宙と生命を考えることも、根っこは同じなのだ。

歴史的事実も、現実の社会も、相対化することで初めて見えてくるものがある。『日本沈没』も『首都消失』も現実を相対化したシミュレーションであり、一種の思考実験だ。思考実験は最初は哲学から出てきたものだが、それを科学に応用して、まったく違う地平を開いたのが量子力学とアインシュタインの相対性理論。では文学でどうかと考えた時に、それが可能なのはやはりＳＦしかない。

ＳＦは数学の虚数に似ているかもしれない。虚数は英語で imaginary number、記号では「i」と書くが、二乗するとマイナスになる数のこと。これを中学で習った時は、「二乗してマイナスになる数」なんていうものを仮定して何の役に立つのかと思った。でも、虚数がないと量子力学も電子工学も成立しない。くだらないようでいて、意外に世の中の役に立っているわけだ。

ＳＦはよく荒唐無稽と言われる。しかし、文学とは元来が荒唐無稽なものだ。フィクションの語源はラテン語の「嘘」。そこにある素材を使って、面白い嘘をつくるのが文学だ。その王道は、合理主義や自然主義の芸術ではなくて、メルヘンやファンタジー、口承文芸も含めた古い古い伝統文学の中にある。『神曲』も『ファウスト』も『旧約聖書』もみんなそうだ。シュールあるいは非合理かもしれないが、人々に感動を与える。ＳＦはそうした荒唐無稽で猛々しい伝統文学の後継者だ。サイエンス・フィクションというとおり、重心はあくまでフィクション。科学を使った嘘であり、科学まで相対化する文学ということ。そして時々、嘘から実《まこと》が出る――。

いや、そもそもSFは、「科学」と「文学」がいかに近しいものであるかも教えてくれる。例えば最先端の宇宙物理学では、天体の運動や宇宙の温度などをもとに「宇宙史」のモデルを考える。それは「思考実験」や「仮説」であり、「物語」づくりにほかならない。未踏の領域に向かう際にイマジネーションの力を必要とする点では、実は科学と文学は極めて似ているのだ。その両者が交わるところに、SFがある。

そんな屁理屈を並べ立てなくても、今の世の中を見渡せば、SFの価値、SFがいかに必要とされているかは一目瞭然だろう。小説でも映画でも漫画でもアニメでも、もはや面白いものは全てSF的要素を備えていると言っていい。ジャーナリズムやアカデミズムの世界でも、シミュレーションの手法を使うことが当たり前になった。笑いや批評もSFのマインドなくしては成り立たない。SFはもう特殊なものではなくなったのだ。

ひと頃、SFは冬の時代であるという言われ方をしたことがある。しかし、それは違う。「浸透と拡散」を経て、SFこそが世の中のスタンダードになったのだ。半世紀前と比べればまさに隔世の感があるが、我々がやってきたことが実を結んだということだろう。それには僕も、いささかなりとも貢献できたのではないかと思っている。

生命科学の急速な発展やネット社会の進化をあげるまでもなく、これからも科学技術は加速度的に変化してゆく。そうした中で、「科学」と「文学」をつなぐＳＦの重要性は高まりこそすれ、決してなくなることはない。そして今後は、ことさらにＳＦと言わずとも、ごく当たり前にＳＦ魂を備えた若い人たちが続々と登場してくることだろう。僕もいつまで生きるかわからないが、生きている限りは、「ＳＦ魂、百まで」だ。

かつて野田昌宏さんは、「ＳＦは絵だねえ」という名言を吐いた。ならば僕にとってＳＦとは何かを考えてみた。

ＳＦとは思考実験である。ＳＦとはホラ話である。ＳＦとは文明論である。ＳＦとは哲学である。ＳＦとは歴史である。ＳＦとは落語である。ＳＦとは歌舞伎である。ＳＦとは音楽である。ＳＦとは怪談である。ＳＦとは芸術である。ＳＦとは地図である。ＳＦとはフィールドノートである……。

いや、この歳になった今なら、やはりこう言っておこう。

ＳＦとは文学の中の文学である。

そして、

ＳＦとは希望である――と。

小松左京年譜

（刊行書籍はオリジナル版に限った。単行本の文庫化、再編集、二次文庫などは原則として割愛した。文中敬称略）

1931（昭和6）年　1月28日、大阪市西区京町堀（西船場）に生まれる。五男一女の次男で本名は実。家は理化学機械商を営む。

1935（昭和10）年【4歳】　兵庫県西宮市夙川に転居。翌年、阪急夙川駅東側の若松町に移る。

1937（昭和12）年【6歳】　4月、西宮市立安井小学校入学。

1941（昭和16）年【10歳】　4月、JOBK（NHK大阪）の番組「子供放送局」でDJ役を務める。ラジオ・ドラマにも出演。

1943（昭和18）年【12歳】　4月、県立神戸一中入学。〝空腹と暴力〟の中学校生活をおくる。

1945（昭和20）年【14歳】　8月、勤労動員先の造船所で終戦を知る。

1946（昭和21）年【15歳】　後年俳優になる高島忠夫らと軽音楽バンド「レッド・キャッツ」を結成（担当はバイオリン）、ダンス・パーティなどで演奏する（～47年）。

1947（昭和22）年【16歳】　神戸一中文芸部の『神中文藝』にユーモア小説「成績表」を書く。

1948（昭和23）年【17歳】　4月、旧制第三高等学校入学。「わが人生〝最高の日々〟」を過ごすが、それも学制改革のため一年で終わる。

1949（昭和24）年【18歳】　3月、三高卒業。7月、新制京都大学受験。9月、新制京都大学文学部入学（学制改革のため変則日程）。11月、友人に誘われるまま共産青年同盟に入り、「発作的左翼学生」となる。12月、学内の同人「京大作家集団」に参加、高橋和巳、三浦浩らと知り合う。このころから同人誌の資金稼ぎに「モリ・ミノル」の筆名で、大阪・不二書房より『イワンの馬鹿』『大地底海』『ぼくらの地球』の漫画を発表。

1950（昭和25）年【19歳】 6月、京大で反戦学生同盟を結成、その中心メンバーの一人として、51年まで左翼活動、反戦運動を続ける。

1951（昭和26）年【20歳】 4月、専門課程（イタリア文学専攻）に進む。「作家集団」以降、卒業までに『土曜の会』『ARUKU』『現代文学』などの同人誌に参加。9月、神戸高校（神戸一中）OBで結成された劇団牧神座の第一回公演に参加。以後56年ごろまで、四方内和・牧慎三・小松実の名義で、作・演出・出演をこなす。12月、『土曜の会』第2号に短編「子供たち」を書く。

1952（昭和27）年【21歳】 10月、高橋和巳らと同人誌『現代文学』創刊。実体験に基づいた未完の長編「裏切」を書く。同誌は創刊号で廃刊。

1953（昭和28）年【22歳】 一般教養の数学と体育理論の単位を落とし、留年決定。11月、『ARUKU』第8号に短編「慈悲」を書く。

1954（昭和29）年【23歳】 3月、五年かかって京大を卒業。卒論はピランデルロ。書きためた七千枚の原稿を廃品回収に売る。定職はなく、アルバイトや雑文書きで食いつなぐ。11月、三浦浩の紹介で経済誌『アトム』に就職。

1955（昭和30）年【24歳】 6月、『ARUKU』第9号に「最初の悔恨」を書く（後に「握りめし」と改題し『別冊小説新潮』に掲載）。

1956（昭和31）年【25歳】 1月、『アトム』創刊号刊行。10月、高橋和巳らと同人誌『対話』創刊。巻頭論文「文学の義務について」と短編「溶け行くもの」を書く。

1957（昭和32）年【26歳】 3月、『対話』第2号に短編「失敗」を書く。

1958（昭和33）年【27歳】 11月、劇団活動

で知り合った下山克美と結婚、甲東園に新居。この年、『アトム』を辞め、父親の経営する工場を手伝うが、工場は赤字続きで苦しい生活が続く。

1959（昭和34）年【28歳】 ラジオが壊れ、娯楽のなくなった新妻のために、小説を毎日少しずつ書く。これが『日本アパッチ族』の原型となる。このころから大阪産経新聞の翻訳ミステリ雑誌欄を担当。10月、ラジオ大阪の番組「いとし・こいしの新聞展望」で、夢路いとし・喜味こいしの演ずるニュース漫才の台本を担当。以後、足かけ四年にわたり一万二千枚の台本を書く。12月、三浦浩に『SFマガジン』創刊号を紹介され、巻頭の「危険の報酬」（R・シェクリイ）を読んで「眼をひっぱたかれたような気持ち」になる。

1960（昭和35）年【29歳】 9月、長男誕生。『SFマガジン』主催の第一回空想科学小説コンテスト（SFコンテスト）に「地には平和を」で応募。「小松左京」のペンネームを初めて使う。この年、京都の工場社宅に移るが、またも会社はつぶれ、夜逃げも経験。借金の返済に奔走する。

1961（昭和36）年【30歳】 8月、「地には平和を」が選外努力賞を受賞する。賞金五千円。この作品は『SFマガジン』には掲載されず、後に同人誌『宇宙塵』63号（63年1月）でやっと陽の目を見る。10月から大阪産経新聞に週一回「テレビ評定」（署名K・O）を執筆。

1962（昭和37）年【31歳】 3月から「テレビ評定」が「やぶにらみ」となって65年1月まで執筆（署名は小松実）。『SFマガジン』10月号に「易仙逃里記」が掲載され、小松左京として商業誌デビュー。同誌12月号に「終りなき負債」を発表。同じ号で第二回SFコンテスト結果発表。応募作「お茶漬の味」が、半村良「収穫」と共に第三席に入賞（第一席、第二席とも該当作なし）。

賞金三万円。以後、同誌の常連執筆者となる。

1963（昭和38）年【32歳】　3月、日本SF作家クラブ発足。『オール讀物』7月号に「紙か髪か」が掲載され、中間小説誌に初登場。掲載直後、読売新聞の大衆文学時評欄で吉田健一にとりあげられ好評を得る。8月、早川書房より処女短編集『地には平和を』刊行。収録作品のうち「地には平和を」と「お茶漬の味」が直木賞（昭和38年下半期）候補作となる。9月、『放送朝日』で「エリアを行く」連載開始（〜66年）。10月、次男誕生。この年、父親の工場閉鎖。

1964（昭和39）年【33歳】　3月、書き下ろし処女長編『日本アパッチ族』（光文社）刊行。4月、短編集『影が重なる時』（早川書房）刊行。『週刊漫画サンデー』に「エスパイ」連載開始（〜10月）。7月、「万国博を考える会」発足。8月、書き下ろし長編『復活の日』（早川書房）刊行。10月、ラジオ大阪で桂米朝師匠との「題名のない番組」始まる。

1965（昭和40）年【34歳】　1月、『週刊現代』に「明日泥棒」連載開始（〜7月）。『SFマガジン』2月号から「果しなき流れの果に」連載開始（〜11月号）。6月、長編『エスパイ』（早川書房）刊行。『SFマガジン』7月号に「まき・しんぞう」名義で「五月の晴れた日に」を発表、「作者はブルドーザーの運転手」と紹介される。短編集『日本売ります』（早川書房）刊行。11月、「エリアを行く」をまとめたSFルポ『地図の思想』（講談社）刊行。12月、長編『明日泥棒』（講談社）刊行。この秋、ニューヨークへ初めての海外旅行。NHKテレビでアニメと実写の合成ドラマ「宇宙人ピピ」放送開始。

1966（昭和41）年【35歳】　6月、ショートショート集『ある生き物の記録』（早川書房）刊行。7月、長編『果しなき流れの果に』（早川書房）刊行。9月、エッセイ集『未来図の世界』（講談社）刊行。11月、SFルポ『探検の思想』（講談社）刊行。12月、SFルポ『ゴエモンのニッポン日記』（講談社）刊行。この年、万国博とは何かを視察するために梅棹忠夫らとカナダ、アメリカ、メキシコへ。「未来学研究会」発足。

1967（昭和42）年【36歳】 3月、ジュヴナイル短編集『見えないものの影』（盛光社）刊行。4月、『シンポジウム　未来計画』（講談社。加藤秀俊・川喜田二郎・川添登との共編）刊行。6月、エッセイ集『未来　怪獣　宇宙』（講談社）刊行。7月、短編集『生きている穴』（早川書房）、『未来学の提唱』（日本生産性本部。梅棹忠夫・加藤秀俊・川添登・林雄二郎との共同監修）刊行。9月、短編集『ウインク』（話の特集編集室）刊行。11月、短編集『神への長い道』（早川書房）、書き下ろし評論『未来の思想』（中公新書）刊行。

1968（昭和43）年【37歳】 4月、短編集『模型の時代』（徳間書店）刊行。『週刊文春』で「見知らぬ明日」連載開始（〜9月）。『SFマガジン』6月号から「継ぐのは誰か？」連載開始（〜12月号）。11月、短編集『飢えた宇宙《そら》』（早川書房）刊行。「未来学研究会」が発展して日本未来学会設立。

1969（昭和44）年【38歳】 2月、ジュヴナイル連作短編集『空中都市００８』（講談社）刊行。NHKで人形劇シリーズになる。3月、長編『見知らぬ明日』（文藝春秋）刊行。10月、SFルポ『日本タイムトラベル』（読売新聞社）刊行。

1970（昭和45）年【39歳】 3月、大阪・千里で行なわれた日本万国博覧会〈EXPO'70〉でサブテーマ委員、テーマ館サブプロデューサーを務める。4月、国際未来学会開催（京都国際会館)。5月、短編集『星殺し《スター・キラー》』(早川書房)、短編集『闇の中の子供』(新潮社)、評論・エッセイ集『ニッポン国解散論』(読売新聞社)刊行。6月、『世界SF全集第29巻・小松左京篇』(早川書房。「継ぐのは誰か?」「果しなき流れの果に」を収録)刊行。8月、国際SFシンポジウム開催、実行委員長を務める。10月、『人類は滅びるか』(筑摩書房。今西錦司・川喜田二郎との共著)刊行。12月、短編集『三本腕の男』(立風書房)、ジュヴナイル長編『宇宙漂流』(毎日新聞社)刊行。年末から二週間ほど、星新一とオランダ旅行。

1971(昭和46)年【40歳】 『放送朝日』1月号から対談「地球を考える」シリーズ開始(〜12月号)。3月、短編集『青ひげと鬼』(徳間書店)刊行。6月、短編集『最後の隠密』(立風書房)刊行。『文藝春秋』10月号に「オランダ式弱気のすすめ」を掲載。これを機に「歴史と文明の旅」取材のため、ひと月おきに海外へ。翌年『文藝春秋』1月号より一年間連載。12月、討論エッセイ集『日本人のこころ――文化未来学への試み』(朝日新聞社。梅棹忠夫・加藤秀俊・米山俊直・佐々木高明との共著)刊行。この年、『継ぐのは誰か?』が第二回星雲賞日本長編部門賞受賞。

1972(昭和47)年【41歳】 1月、日本経済新聞で「現代の神話」連載開始(〜12月)。2月、短編集『牙の時代』(早川書房)刊行。4月、ジュヴナイル長編『青い宇宙の冒険』(筑摩書房。新学社『中一計画学習』連載「青い世界の冒険」改題)刊行。5月、短編集『怨霊の国』(角川書店)刊行。6月、書き下ろし童話『おちていたうちゅうせん』(フレーベル館)刊行。10月、対談集『地球を考える(I・II)』(新潮社)刊行。11月、紀行エッセイ集『日本イメージ紀行』(白馬出版)、短編集『待つ女』(新潮社)、短編集

『明日の明日の夢の果て』(角川書店)刊行。

1973(昭和48)年【42歳】 3月、光文社(カッパ・ノベルス)より九年がかりの書き下ろし長編『日本沈没(上・下)』刊行。上下で四百万部を超えるベストセラーとなり、映画化、TV化、ラジオ化、劇画化され、日本中を「沈没ブーム」に(第27回日本推理作家協会賞受賞)。『現代の神話』(日本経済新聞社。山崎正和との共著)刊行。8月、短編集『旅する女』(河出書房新社)刊行。11月、短編集『結晶星団』(早川書房)、評論・エッセイ集『未来からの声』(創樹社)刊行。12月、『歴史と文明の旅(上・下)』(文藝春秋)、『百科事典操縦法』(平凡社。梅棹忠夫・加藤秀俊との共著)刊行。この年、「結晶星団」が第四回星雲賞日本短編部門賞受賞。

1974(昭和49)年【43歳】 2月、『日本を沈めた人・小松左京対談集』(地球書館)刊行。3月、ジュヴナイル・ショートショート集『宇宙人のしゅくだい』(講談社)刊行。4月、短編集『春の軍隊』(新潮社)刊行。5月、根本順吉・竹内均らとのシンポジウム『異常気象』(旭屋出版)刊行。6月、五人の科学者とアイスランド旅行。8月、短編集『夜が明けたら』(実業之日本社)刊行。11月、『野球戯評』(地球書館。梅原猛・多田道太郎との共著)刊行。この年、『日本沈没』が第五回星雲賞日本長編部門賞受賞。年末から一カ月ほどTBSテレビの取材で南極へ。

1975(昭和50)年【44歳】 2月、エッセイ集『やぶれかぶれ青春記』(旺文社文庫。『螢雪時代』の連載をまとめたもの)刊行。6月、短編集『無口な女』(新潮社)刊行。7月、架空インタビュー『おしゃべりな訪問者』(筑摩書房)、エッセイ集『恋愛博物館』(光文社)刊行。

1976(昭和51)年【45歳】 2月、エッセイ集『男の人類学』（大和書房）刊行。4月、講談社のPR誌『本』で「碩学に聞く」シリーズ開始（〜77年11月）。朝日新聞で新聞小説「こちらニッポン…」連載開始（〜77年1月）。5月、短編集『男を探せ』（新潮社）刊行。8月、『SF作家オモロ大放談』（いんなあとりっぷ社。星新一・筒井康隆らとの共著）刊行。『週刊小説』に「題未定」連載開始（〜10月）。9月、『絵の言葉』（講談社学術文庫。高階秀爾との共著）刊行。11月、短編集『虚空《そら》の足音』（文藝春秋）刊行。報知新聞で新聞小説「時空道中膝栗毛」連載開始（〜77年5月）。この年、「ヴォミーサ」が第七回星雲賞日本短編部門賞受賞。

1977（昭和52）年【46歳】 2月、長編『題未定』（実業之日本社）刊行。4月、短編集『飢えなかった男』（徳間書店）、長編『こちらニッポン…』（朝日新聞社）刊行。5月、評論集『日本文化の死角』（講談社現代新書）刊行。6月、中編集『ゴルディアスの結び目』（角川書店）、座談会スタイルのエッセイ集『人間博物館』（光文社）刊行。7月、『別冊小説新潮』で「空から墜ちてきた歴史」連載開始（〜78年4月）。9月、長編『時空道中膝栗毛』（文藝春秋）刊行。この年から日本テレビのドキュメンタリー「巨石文明」シリーズのため、サントリーニ・マヤ・イースター島・マルタ・フランス列柱石・ストーンヘンジなどへの取材旅行始まる。

1978（昭和53）年【47歳】 6月、短編集『アメリカの壁』（文藝春秋）刊行。7月、対談集『21世紀学事始』（鎌倉書房）刊行。8・9月、鼎談集『学問の世界――碩学に聞く（上・下）』（講談社現代新書。加藤秀俊との共著）刊行。10月、『高橋和巳の青春とその時代』（構想社。編著）刊行。12月、会田雄次・山崎正和との鼎談

『日本史の黒幕』（平凡社）刊行。この年ホテルプラザに大阪事務所を開設、ワープロ1号機JWP―10を試用。この年、「ゴルディアスの結び目」が第九回星雲賞日本短編部門賞受賞。

1979（昭和54）年【48歳】 2月、渡辺格との分子生物学講義『生命をあずける』（朝日出版社）刊行。『SFアドベンチャー』創刊号に「とりなおし《リテイク》」発表。5月、全編初収録の文庫オリジナル・ショートショート集『一生に一度の月』（集英社文庫）刊行。『SF宝石』8月号でI・アシモフと対談。9月、評論集『地球社会学の構想』（PHP研究所）刊行。11月、冨田勲のシンセサイザー・コンサート「エレクトロ・オペラin武道館」の企画構成を担当。「関西で歌舞伎を育てる会」代表世話人として、『大向こう』創刊号に「歌舞伎との出会い」寄稿。文庫オリジナル・ショートショート集『まぼろしの二十一世紀』（集英社文庫）刊行。

1980（昭和55）年【49歳】 2月、短編集『華やかな兵器』（文藝春秋）刊行。3月、文庫オリジナル短編集『猫の首』（集英社文庫）刊行。5月、『週刊サンケイ』に「さよならジュピター」連載開始（〜82年1月）。6月、映画『復活の日』公開。7月、短編集『氷の下の暗い顔』（角川書店）、サイエンス・エッセイ『はみだし生物学』（平凡社）刊行。8月、NHK少年ドラマシリーズで「ぼくとマリの時間旅行」（原作「時間エージェント」）放送。

1981（昭和56）年【50歳】 1月、文庫オリジナル・ショートショート集『一宇宙人のみた太平洋戦争』（集英社文庫）刊行。2月、書評集『読む楽しみ 語る楽しみ』（集英社）刊行。3月、ホテル・ニューオータニのフォーラム一階に「エレクトロオフィス」開設。4月、南極などへの旅行記『遠い島　遠い大陸』（文藝春秋）、エッセイ集『地球文明人へのメッセージ』（佼成出版社）刊行。8月、映画『さよならジュピター』製作のために株式会社イオ設立。10月、短編集『あやつり心中』（徳間書店）刊行。11月、長編『空から墜ちてきた歴史』（新潮社）刊行。12月、箴言集『宇宙から愛をこめて』（文化出版局）刊行。

1982（昭和57）年【51歳】　2月、イオの事務所を東京平河町に設置し、映画『さよならジュピター』のプレ・プロダクション開始。4月、長編『さよならジュピター（上・下）』（サンケイ出版）刊行。6月、文庫語り下ろし『SFセミナー』（集英社文庫）刊行。11月、日本初のCG国際会議「ニコグラフ'82」をサンシャインシティプリンスホテルで開催。書評集『机上の遭遇』（集英社）、石毛直道との対談集『にっぽん料理大全』（潮出版社）刊行。12月、歴史紀行『大阪タイムマシン紀行』（PHP研究所）刊行。

1983（昭和58）年【52歳】　3月、シンポジウム記録『未来技術と人間社会』（ダイヤモンド社）刊行。4月、原作、製作、脚本、総監督を務めた映画『さよならジュピター』クランクイン。12月、東京新聞等に「首都消失」を連載開始（〜84年12月）。この年、『さよならジュピター』が第十四回星雲賞日本長編部門賞受賞。

1984（昭和59）年【53歳】　1月、「小松左京の世界展」を西武池袋本店にて開催。3月、映画『さよならジュピター』公開。科学万博〈つくば'85〉のパビリオン企画、イベント企画に参画。

1985（昭和60）年【54歳】　3月、『首都消失（上・下）』（徳間書店）刊行（第六回日本SF大賞受賞）。5月、関西テレビ開局三十周年記念番組「河と文明」シリーズ（構成・取材・出演）の取材で中国・黄河へ（〜8月）。11月、サンケイ新聞に「黄河」を連載開始（～86年4月）。

1986（昭和61）年【55歳】　『SFアドベンチャー』2月号から「虚無回廊」を連載開始（87年3月号で中断）。6月、『黄河――中国文明の旅』（徳間書店）刊行。「河と文明」シリーズの取材で、ソ連・ボルガへ（～8月）。11月、サンケイ新聞に「ボルガ」を連載開始（～87年4月）。

1987（昭和62）年【56歳】　1月、映画『首都消失』公開。3月、『週刊読売』に「時也空地球道行」連載開始（～11月）。6月、「河と文明」シリーズの取材で米国・ミシシッピーへ（～7月）。7月、『ボルガ大紀行』（徳間書店）刊行。11月、『虚無回廊（Ⅰ・Ⅱ）』（徳間書店）刊行。90年に大阪で開催される「国際花と緑の博覧会（花博）」国際シンポジウム・プロデューサーとして、この年から全四回のシンポジウムの企画・構成を担当する。第一回目は「花とひと」。

1988（昭和63）年【57歳】　3月、サンケイ新聞に「ミシシッピー紀行」連載開始（紙面刷新で中断するまで六十回分掲載）。4月、長編『時也空地球道行』（読売新聞社）刊行。12月、東京で第二回花博国際シンポジウム「みどりと都市」。

1989（平成元）年【58歳】　11月、大阪で第三回花博国際シンポジウム「バイオと未来」。

1990（平成2）年【59歳】　1月、戯曲集『狐と宇宙人』（徳間書店）刊行。4月、『「自然の魂」の発見』（いんなあとりっぷ社）刊行。花博開催。5月、花博会場全体を舞台にランドスケープ・オペラ「ガイア」公演。9月、第四回花博国際シンポジウム「植物と地球」開催、締めくくりに「提言」を発表。この年、大阪文化賞受賞。

1991（平成3）年【60歳】　1月、小松左京還暦記念シンポジウムｉｎ白浜「宇宙・生命・知性をかんがえる」開催。この成果は翌年『宇宙・

生命・知性の最前線』（講談社）として刊行。3月、同人誌時代の作品を収録した『地には平和を』（阿部出版）刊行。8月、BS—3b打ち上げ特番「宇宙へのミッション」（WOWOW）企画・出演。『SFアドベンチャー』12月号から「虚無回廊」連載再開（92年秋季号で再び中断）。

1992（平成4）年【61歳】　12月、『鳥と人』（ネスコ）刊行、二十年ぶりの書き下ろし。

1993（平成5）年【62歳】　3月、A・C・クラーク『地球村の彼方』（同文書院インターナショナル）を監修。4月、大阪産経新聞に「こちら関西」を連載開始（〜94年3月）。7月、『小松左京が語る「出合い」のいい話』（中経出版）刊行。12月、文庫オリジナル『わたしの大阪』（中公文庫）刊行。

1994（平成6）年【63歳】　6月、『こちら関西』（文藝春秋）、『巨大プロジェクト動く——私の［万博・花博顚末記］』（廣済堂出版）刊行。大阪産経新聞に「こちら関西〈戦後編〉」を連載開始（〜95年3月）。12月、評論集『ユートピアの終焉』（DHC）刊行。

1995（平成7）年【64歳】　3月〜7月、芸道ものアンソロジー『芸道艶舞恋譚』『芸道綾錦夢譚』『芸道夢幻綺譚』（廣済堂出版）刊行。4月、毎日新聞にルポ「大震災'95」を連載開始（〜96年3月）。9月、『小松左京コレクション』（ジャストシステム）全5巻の刊行始まる。11月、ショートショート192編を一冊にまとめた『小松左京ショートショート全集』（勁文社）刊行。12月、『こちら関西〈戦後編〉』（文藝春秋）刊行。

1996（平成8）年【65歳】　6月、『小松左京の大震災'95』（毎日新聞社）刊行。12月、『未来からのウインク』（青春出版社）刊行。

1997（平成9）年【66歳】　6月、『SFへ

の遺言』(光文社)刊行。『SFマガジン』500号記念特大号のオールタイムベストSF日本長編部門一位に『果しなき流れの果に』が、短編部門一位に「ゴルディアスの結び目」が選ばれる。

1998(平成10)年【67歳】 この年から、代表作のハルキ文庫での刊行相次ぐ。

1999(平成11)年【68歳】 9月、『紀元3000年へ挑む科学・技術・人・知性』(東京書籍)刊行。

2000(平成12)年【69歳】 7月、『虚無回廊(III)』(角川春樹事務所)刊行。11月、高千穂遙・鹿野司との共著『教養』(徳間書店)刊行。この年より「小松左京賞」の選定始まる。

2001(平成13)年【70歳】 1月、同人誌『小松左京マガジン』創刊。4月、『威風堂々うかれ昭和史』(中央公論新社)刊行。

2002(平成14)年【71歳】 2月、『幻のモリ・ミノル漫画全集』(小学館)刊行。3月、高橋桐矢との共著『安倍晴明〈天人相関の巻〉』(二見書房)刊行。9月、小惑星6983番の呼称に「小松左京(Komatsusakyo)」が採用される。この年、ノーベル化学賞を受賞した田中耕一の原点が『空中都市008』だったと紹介される。

2003(平成15)年【72歳】 4月、『小松左京マガジン』第10巻刊行。

2004(平成16)年【73歳】 10月、女シリーズ全十作収録『旅する女』(光文社文庫)刊行。

2005(平成17)年【74歳】 10月、『小松左京マガジン』第20巻刊行。

2006(平成18)年【75歳】 7月、樋口真嗣監督による新作『日本沈没』(東宝)公開。『SF魂』(本書)、『日本沈没　第二部』(小学館。谷甲州との共著)刊行。『小松左京全集』(城西国際大学出版会)刊行開始。

小松左京　1931（昭和６）年大阪生まれ。ＳＦ作家。京都大学文学部卒（イタリア文学専攻）。『日本沈没』（日本推理作家協会賞）『復活の日』『果しなき流れの果に』『歴史と文明の旅』など著書多数。2011年７月没。

Ⓢ新潮新書

176

ＳＦ魂《エスエフだましい》

著　者　小《こ》松《まつ》左《さ》京《きよう》

2006年７月20日　発行
2019年10月５日　４刷

発行者　佐　藤　隆　信

発行所　株式会社新潮社

〒162-8711　東京都新宿区矢来町71番地
編集部(03)3266-5430　読者係(03)3266-5111
http://www.shinchosha.co.jp

印刷所　株式会社光邦

製本所　加藤製本株式会社

ISBN978-4-10-610176-2　C0295